SIX SEMAINES
DE LA VIE
DU CHEVALIER
DE FAUBLAS.
SECONDE PARTIE.

SIX SEMAINES
DE LA VIE
DU CHEVALIER
DE FAUBLAS,

Pour ſervir de ſuite à ſa premiere année.

SECONDE PARTIE.

A LONDRES,

Et ſe trouve à PARIS,
Chez BAILLY, Libraire, rue Saint-Honoré, vis-à-vis le Corps-de-Garde des Sergents.
Et chez les Marchands de Nouveautés.

M. DCC. XC.

SIX SEMAINES DE LA VIE DU CHEVALIER DE FAUBLAS,

Pour servir de suite à sa premiere année.

O Vénus ! Vénus, tu voulus pour l'amusement du beau sexe & de ma longue adolescence, tu voulus qu'on vît dans Faublas, âgé de dix-sept ans, la réunion de plusieurs qualités ordinairement incompatibles. Avec la jolie figure d'une jeune fille, tu me donnas la vigueur d'un homme fait. Tu me donnas la gentillesse & la vivacité, l'enjouement & les graces, l'esprit du jour & l'éloquence du moment, l'adresse qui fait naître l'occasion, la patience qui l'épie; l'audace qui la brusque, mille agréments divers dont un plus fat s'énorgueilliroit davantage, & peut-être useroit moins : tu sais comment ma conduite t'a toujours prouvé ma reconnoissance, combien ton culte m'est cher, comme sur tes autels adorés j'ai prodigué les sacrifices. Cependant, si tu m'as réservé à des travaux plus qu'humains, si prenant plaisir à multiplier sur ma route les obstacles & les tentations, tu veux que depuis le couvent du fauxbourg Saint-Marceau, jusqu'au couvent du fauxbourg Saint-Germain, je sois arrêté de maison en maison, & sans relâche forcé d'y choisir entre une infidélité passagere, ou une éternelle séparation; déesse, je te déclare que je suis prêt, que rien ne m'étonne; que dussé-je périr, je tenterai d'aller jusqu'à Sophie. Mais toi, sois juste autant que tu es belle, proportionne les moyens aux difficultés, vois la peine extrême de ton favori, tu ne l'as pas encore assez doné : Vénus, vous le savez, il ne s'agit ici ni des charmes périssables de votre efféminé chasseur (1), ni des efforts conjugaux de votre boiteux forgeron (2); il faut, à qui doit courir ma brillante carriere, la force

(1) Adonis.

(2) Vulcain.

prodigieuse de votre immortel amant (1), ou les talents fabuleux de l'époux des cinquante sœurs (2).

Mais non, ce n'est pas cela que Faublas vous demande. O divinité bienfaisante! vous n'êtes pas seulement la reine des plaisirs, on vous dit aussi la mere de l'amour! Deux époux, quand ils sont encore amants, peuvent donc ne pas vous paroître indignes de votre protection. Du haut de l'empirée, contemplez sans jalousie une mortelle aussi belle que vous, elle soupire, elle vous implore, elle m'attend. Honorez son chevalier d'un regard favorable, venez à mon secours, prévenez mes périls, écartez mes ennemis, conduisez-moi jusqu'à l'asyle desiré; daignez me réunir à la plus chere moitié de moi-même. Alors sera brûlé sous vos auspices un encens délectable & pur; alors vous sera fait, en actions de grace, un délicieux sacrifice également digne du ministre, de la victime & de l'idole.

Pendant que je fais cette poétique invocation, la prophéteſſe acheve sa tournée dans le dortoir; bientôt elle descend chez elle, & m'envoie chercher; il est inutile de dire que je mets *le vêtement nécessaire*, & que je laisse mon épée.

(1) Mars.
(2) Hercule.

Eh ! bon soir, mon aimable *beau-fils !* — Eh ! bon soir ma charmante *belle-mere !* — Faublas, dis-moi donc quelle aventure ?... — Conte-moi, Coralie, par quelle métamorphose ?... — Monsieur, je suis mariée. — Je suis marié, madame. — Mais cet événement-ci me fait trembler pour l'honneur de M.r le Blanc ! — Mais, ô ma Sophie ! je crains bien de succomber encore à l'occasion. — Tiens, mon joli garçon, franchement tu arrives à propos, car un époux est une sotte chose, & j'ai besoin d'un amoureux. — Tiens, Coralie, je te retrouve fort heureusement, car la rencontre d'une jolie femme ne peut jamais me déplaire, & puis j'ai besoin d'un asyle, d'un habit & d'un souper.

Mad. le Blanc me fit donner une robe de chambre, & commanda qu'on me servît ; on m'apporta la bouteille si nécessaire & la volaille tant desirée. Je bus avec l'empressement du musicien le plus sobre, qui, depuis trois heures d'horloge, concertant sans relâche en bonne maison, n'a pas trouvé le moment de se rafraîchir. Je mangeai avec la constante avidité de tel maigre auteur, qui, tous les lundis sans faute, admis à la table de tel gras libraire, y dîne périodiquement pour le reste de la semaine. Pendant que j'employois ainsi mon temps de la maniere la plus utile, Coralie me contoit en peu de mots son histoire.

Quelques jours après la comique cataſtrophe (1) qui me ravit en même temps le pere & le fils, un grave docteur eſt amené chez moi; M. le Blanc me fait la cour, tombe ſérieuſement amoureux, & m'offre ſa foi, que je ne puis refuſer, puiſqu'il eſt riche. Je l'épouſe donc.... — Tu l'épouſes! — Oui, je l'épouſe, à l'égliſe! & je te dirai même quelque choſe de plus fort; c'eſt que depuis trois mois je ſuis fidelle; mais cela commençoit à m'incommoder; oh! je l'avoue, je ne ſuis pas faite pour être réduite au calendrier des vieillards. — Madame, en ce cas je crains bien de n'être pas arrivé chez vous auſſi à propos que vous me faites l'honneur de le croire. — Bon! eſt-ce que tu veux des compliments? Ne ſois donc pas ſi modeſte... Chevalier, pour revenir à M. le Blanc, je l'épouſe donc. Il m'amene dans cette maiſon que je treuve pleine de malades imaginaires & de prétendus docteurs. Mon mari que chaque jour le magnétiſme enrichit davantage, m'enſeigne la *fameuſe doctrine* que je pratique vraiment fort bien, parce qu'elle m'amuſe. Tu ſais, mon ami, que je ſuis née rieuſe, & que toujours je me ſuis divertie aux dépens de ceux que j'attrapois. D'ailleurs, on m'éleva pour les

(1) Voyez la quatrieme partie de la premiere année.

tretaux, & le somnambulisme est presque une comédie publique : d'honneur, au mariage près, ma nouvelle condition ne me déplaît pas. Coralie ne danse plus, mais elle magnétise ; elle prophétise au lieu de déclamer ; tu vois qu'il me reste toujours un rôle à jouer, & que dans le fonds je n'ai fait que changer de théâtre. — Fort bien, Coralie, mais à présent que j'ai soupé, parlons sérieusement : tu ne veux pas me renvoyer au dortoir ? — Assurément, non — Tu consens à passer la nuit avec moi, malgré l'hymen ? — Malgré l'hymen ! dis donc à cause de lui, chevalier ; tu as de l'esprit, & je suis obligée de te dire, que celui qui paie & le mari, c'est la même chose ; & puis j'ai lu quelque part qu'on avoit toujours du goût pour son premier métier. Je n'ai pas oublié le mien, Faublas ; je sais d'ailleurs que depuis long-temps les honnêtes femmes s'en mêlent : je te réponds que jamais aucune ne s'en sera mêlée plus volontiers que moi, & pour un plus aimable gentilhomme que celui que j'embrasse.

Je rendis à Mad. le Blanc son baiser, & repris ainsi la conversation un moment interrompue.

Ton mari, où est-il ? — A Beauvais, pour des affaires de famille. — Et ta femme de chambre, ne causera-t-elle pas ? — Ah ! tu as raison, que je suis étourdie, moi ! il faut la mettre dans la confidence,

A ces mots, elle ſonna ; la ſuivante accourut, ſa maîtreſſe lui dit : Tenez, voilà un louis que je vous donne, mais ne vous aviſez pas de dire à mon mari que monſieur a couché avec moi ; car je réponds que vous en avez menti, je vous arrache les yeux, & je vous chaſſe ; allez.

Après avoir prononcé du ton le plus majeſtueux, cette harangue vraiment héroïque, Mad. le Blanc entra dans ſon lit, où bientôt elle me reçut.

Hélas, ce fut inutilement, le magnétiſme toujours trompeur ne tint pas ſa promeſſe, & Vénus apparemment ne m'avoit pas entendu. En vain, pour amener l'heureux moment dont elle avoit conçu l'eſpérance au dortoir, Coralie épuiſa les reſſources de ſon ancien métier & de ſon art nouveau ; comme Juſtine elle finit par m'adreſſer, dans ſon déſeſpoir, ce reproche amer à mon cœur : *Ah ! chevalier de Faublas, que je vous trouve changé !* d'honneur, ajouta-t-elle vivement, je n'aurois pas prophétiſé celui-là.

Et moi, qui ne me ſouciois point d'entrer dans les détails d'une longue juſtification, je fis avec Mad. le Blanc ce que j'avois fait auprès de Mlle. de Valbrun : je m'endormis ſans répondre un mot.

Vous, cenſeur ſcrupuleux, qui reprochez à mon hiſtoire de ne renfermer aucune leçon profitable, voyez comme elle est sublime & profonde, la moralité qui sort ici du fonds même du sujet! Admirez avec combien de justice, & par quelle inévitable fatalité, les deux plus indignes rivales de Sophie se sont trouvées, l'une après l'autre, & de la même maniere, précisément punies par où elles avoient péché.

Cependant, comme le premier devoir d'un historien est d'être fidele, dût cet ouvrage en paroître un peu moins moral, n'imputons pas à la *fameuse doctrine*, un tort qu'elle n'eut point. Disons, pour l'honneur de la *science*, que ce fut sur-tout par le secours du magnétisme qu'à la pointe du jour la prophéteſſe obtint de son malade, une premiere preuve de convalescence. Mais aussi puisqu'il s'agit d'être rigoureusement exact, ajoutons que le docteur femelle apparemment retenu par la crainte de compromettre son art, n'osa pas tenter de m'initier une seconde fois.

Il étoit à peu près huit heures du matin, quand Mad. le Blanc me fit endosser un large habit noir, qu'elle venoit de choisir dans la garde-robe de son mari. Avant de déterminer le parti qui me restoit à prendre, il étoit bon de faire dire à M. de Valbrun quel asyle ma bonne fortune m'avoit offert. La commission étoit délicate, Coralie voulut bien s'en charger; mais il n'y avoit pas cinq minutes qu'elle étoit partie, quand je la vis revenir. Elle entra brusquement, poussa la porte, mit les verrous, & d'un air effrayé m'apprit que prête à sortir, elle avoit entendu dans la rue la voix de plusieurs hommes attroupés. L'un d'eux, en prenant le marteau de la porte cochere, avoit dit : cette religieuse ne peut être loin, il faut faire perquisition dans les maisons voisines. Vous, courez chercher le commissaire C*** ; toi, Griffarr, garde le milieu de la rue, & ces messieurs vont entrer ici avec moi : nous n'avons pas besoin de permission, parce que c'est une maison publique. Coralie, en me donnant cette fâcheuse nouvelle, m'avoit conduit vers un escalier dérobé. Chevalier, me dit-elle alors, tu ne peux t'en aller par la cour, parce que les suppôts de la police y sont déja. — Ils y sont, Coralie ? — Oui, mon ami. Tout en donnant ses ordres, l'exempt a frappé, mon portier a tiré le cordon ; je n'ai eu que le temps de voler ici pour t'avertir du péril. — Mais par où donc leur échapperai-je ? — Par-là, Faublas. Monte tout au haut de ce petit escalier, grimpe sur le toit, & je t'en supplie prends garde de te casser le cou. — N'aie pas peur.

Aussi-tôt je m'élance, je monte, je monte, j'arrive aux mansardes, je passe par la fenêtre, je saute sur une gouttiere, & je marche avec cette précaution timide, que doit m'inſpirer la hauteur & l'inégalité du terrein que je parcours. Il y avoit quelques minutes que je me promenois de précipices en précipices, lorſque dans un des jardins ſur leſquels ma vue plongeoit, je découvris un homme qui m'ayant apperçu donnoit l'alarme. Je me hâtai de chercher un aſyle au fond d'un taudis, dont l'entrée étoit ſeulement défendue par un mauvais chaſſis, garni de carreaux de papier. Là, ſur quelques brins de paille, gémiſſoit un jeune homme, qui d'une voix foible me dit : Que viens-tu faire ici ? que me veux-tu ? Toujours victime de l'injuſte mépris des hommes, j'aurai donc vainement eſpéré pouvoir du moins dérober mes derniers tourments à leur inſultante pitié ! Réponds, indiſcret étranger, réponds, pourquoi viens-tu par ta préſence augmenter l'horreur de mon heure ſuprême ? — Infortuné ! que me dites-vous ? je ſuis loin de vouloir redoubler vos peines. Eh ! que ne puis-je les adoucir ! que ne puis-je vous offrir quelques conſolations ! — Je n'en veux pas, laiſſe-moi, je ſuis trop heureux de mourir, ſi je puis mourir ſans témoins. — Vous me faites trembler ! êtes-vous dévoré d'un mal ſi honteux que vous ne puiſſiez l'avouer à perſonne ? — Oui, d'un mal honteux, cruel, inſupportable ! mais mille fois moins que ne le feroit l'humiliant aveu qu'en vain tu prétendrois m'arracher. Laisse-moi.

Comme il parloit, un enfant que je n'avois pas apperçu couché près de lui, se réveilla, me tendit les bras & cria : j'ai faim —— Pourquoi donc ne pas lui donner à manger ? — Pourquoi, répondit le jeune homme, pourquoi, & d'un ton douloureux, de ce ton qui perce le cœur & déchire les entrailles, l'enfant me crioit : j'ai faim ! — Ah ! pauvres malheureux ! quoi, la misere ? — — La misere, interrompit le jeune homme, la misere ! il est donc vrai qu'elle peut tout flétrir, tout, jusqu'à la vertu même ! Est-ce ma faute à moi, si, jeté par le hasard de la naissance dans la classe la plus indigente, j'ai vu mon enfance tourmentée de mille besoins, & condamnée à toutes les privations ? Est-ce ma faute, si faisant ensuite d'inutiles efforts pour fléchir l'ingrate fortune, je ne me suis livré qu'à des travaux mal payés, parce qu'ils étoient pénibles ; qu'à des entreprises échouées, parce qu'elles étoient honnêtes ; qu'à des dangers ignobles, parce qu'ils étoient infructueux ? & lorsque parvenu depuis à m'élever jusqu'au barreau, j'ai cru m'être ouvert une carriere également utile & glorieuse, suis-je coupable pour n'avoir rencontré que des confreres intéressés à nuire au talent qu'ils soupçonnent, que des procureurs incapables d'apprécier un mérite qu'on ne leur vante pas, que des amis hors d'état de me prêter dix louis pour acheter *une grande cause ?* Suis-je coupable pour m'être associé une compagne d'infortune, lorsque j'ai senti le vif aiguillon de cet appétit sensuel, qui est le plaisir des gens riches, & le besoin des pauvres gens ? Me blâmera-t-on de ce que, docile à la voix de la nature, & ne pratiquant pas cet art destructeur, par lequel vos belles dames trompent le premier de ses vœux, mon honnête femme m'a donné cet enfant, par qui notre misere s'est augmentée ? M'accusera-t-on d'avoir trop dépensé pour la maladie de mon épouse, bien morte de son mal, puisqu'elle n'a pas eu de médecins ! Hélas ! si ma vie fut, dans son misérable cours, traversée de mille accidents, agitée de chagrins sans nombre, vouée à des tourments de toute espece, qui osera dire que la faute en est à moi ? Cependant je me suis vu l'objet de leur dérision, le ridicule m'a poursuivi, les humiliations m'ont été prodiguées, il m'a fallu supporter la menace & dévorer les affronts ; on m'a chargé de malédictions & d'opprobre ; tous enfin se sont éloignés de moi, tous ont fui mon approche, comme si mon approche les souilloit, comme si je portois sur mon front détesté le signe de la réprobation publique. Grand Dieu, qui m'avez tant éprouvé, Dieu puissant qui lisez dans les cœurs, vous savez si jamais ma conduite a justifié le mépris des hommes, vous savez si je n'ai pas fait tout ce que j'ai pu pour que ma pauvreté fût du moins respectable. — Quoi! personne, ne vous a secouru? — Une fois seulement pressé de ma détresse extrême, déterminé par les dangers de cet enfant, je me fis cette violence d'aller implorer l'assistance d'un homme qui se disoit mon protecteur. Si vous saviez de quel ton le cruel me plaignit, avec quelle barbarie il éleva la voix, comme il me jeta son aumône devant un monde de valets! .... Sans doute j'ai mérité qu'on me traitât de cette maniere; j'ai souffert que quelqu'un m'osât protéger! j'ai été chercher la bienfaisance dans le palais d'un riche; on n'y trouve jamais que la charité! j'ai souillé par une bassesse ma vie jusqu'alors irréprochable.... Toi qui m'écoutes, si la nature t'a doué d'une ame forte, si tu as conservé cette fierté de caractere que donne & justifie la conscience d'une vie pure, tu sens que je ne pouvois, quelque pressant que fût mon besoin, recevoir sans ignominie un secours accordé de la sorte; tu sens que de tous mes affronts le plus insupportable devoit être le dernier, que la mort devenoit mon unique ressource.... Non.... généreux inconnu, non, garde ton or, il n'est plus temps pour moi.... Je revins ici désespéré....

depuis trente-six heures trois pommes de terre ont nourri mon enfant.... Non généreux inconnu, je vous dis de garder votre or, je vous dis qu'il n'eſt plus temps.... mais je l'avoue, votre douleur me conſole, vos pleurs m'attendriſſent.... ô mon enfant, ſi comme moi tu étois réſervé aux plus pénibles épreuves, ſi comme moi tu devois ſans ceſſe combattre entre l'opprobre & la faim, ſans doute il vaudroit mieux que tu tombaſſes entraîné dans ma tombe; mais le ciel t'envoie un libérateur. O mon fils, je me ſens plus tranquille, je te laiſſe à ton pere adoptif; il eſt, je le vois, ſenſible & bienfaiſant... Monſieur, veillez ſur ſon enfance, & laiſſez-moi mourir. — Pourquoi mourir? quel aveugle délire précipite votre jeuneſſe au tombeau? aigri par le reſſentiment de l'injure que vous fit un homme impitoyable, votre cœur ſe seroit-il ouvert à cette vanité condamnable & petite, qui refuſe avec dédain tout ſecours étranger, qui rejette orgueilleuſement celui que préſente une main inconnue? ou me ſoupçonneriez-vous d'inſulter intérieurement aux douleurs ſur leſquelles je verſe tant de larmes? — Non. Le plus tendre intérêt regne dans vos diſcours & ſur votre figure, je crois qu'il eſt encore ſur la terre un homme capable de quelque ſentiment d'humanité — Hé bien, vivez pour la ſociété, que ſon injuſtice envers vous n'a point privée du droit de réclamer vos talents, dont l'exercice lui peut devenir utile; vivez pour votre fils qu'une mort prématurée livreroit ſans défenſe aux coups du ſort qui vous outragea trop long-temps; vivez pour moi :.... oui, ſurement votre enfant ſera le mien, oui, je le reverrai, mais je veux vous revoir tous deux... Mon ami ne vous obſtinez point à garder une réſolution funeſte.... ne me refuſez pas.. écoutez-moi.. Depuis plus d'un an, jeté dans un monde nouveau, continuellement diſtrait par les plaiſirs d'une vie très-diſſipée, j'ai négligé des devoirs que rien ne pouvoit me diſpenſer de remplir. Je vous l'avoue, uniquement occupé de moi, j'ai tout-à-fait oublié ceux de mes freres à qui j'aurois dû ſonger tous les jours. Et que de familles honnêtes maintenant ruinées ſans reſſource, j'aurois peut-être ſoutenues avec une partie de l'argent prodigué dans mes vains amuſements! & que de malheureux ſont peut-être péris, que j'aurois pu ſauver de leur déſeſpoir! Mon ami, daignez m'aider à réparer cette faute que je ne me pardonnerai point.... Je ne prétends pas vous offrir un foible ſecours qui ne vous arracheroit que pour un moment à l'horreur de votre ſituation déplorable : deux cents louis ſont dans cette bourſe, empruntez-m'en la moitié.... — La moitié!... — Empruntez, je vous en ſupplie. Cent louis pourvoiront à vos besoins les plus urgents, vous mettront à portée de perfectionner vos talents, vous donneront le temps d'attendre l'occasion de vous montrer, de vous faire connoître enfin. Cent louis commenceront peut-être votre fortune ! Hé bien, mon ami, quand vous serez à votre aise, vous irez aussi chercher quelques douleurs à consoler ; & la premiere fois qu'un malheureux vous aura dû la vie, vous aurez acquitté votre dette envers moi. — O bienfaisance ! ô générosité ! — Allons, mon ami, reçois cet argent, reprends courage, embrassons-nous, console-toi. Va, je le sais bien, la misere n'est honteuse que lorsqu'elle est le fruit de l'inconduite, & presque toujours un bienfait, quand il honore celui qui le donne, fait l'éloge de celui qui le reçoit. — O mon ange libérateur !... C'est la providence,... oui, c'est Dieu, ... c'est Dieu lui-même qui t'envoya pour nous sauver... Va, chaque jour j'irai aux pieds de ses autels, j'irai remercier l'Eternel... j'irai... j'appellerai sur toi les bénédictions du ciel.

Sa voix étoit entrecoupée par des sanglots, & l'enfant promenoit sa petite main caressante sur mon visage baigné des larmes de son pere. O moment plein de charmes, comment exprimer vos délices ?

Monsieur, reprit le jeune homme, dont la voix s'étoit ranimée, daignez m'apprendre à qui je dois la vie? — Je ne puis. — Vous refusez de me dire!... monsieur, reprenez votre or. — Mais... — Vous voulez vous dérober à ma reconnoissance! Monsieur, je n'accepte pas votre argent. — Mais auparavant sachez les raisons.... — Monsieur, je n'accepte pas. — Hé bien, je vais vous prouver une confiance sans bornes: je m'appelle le chevalier de Faublas. — Le chevalier de Faublas! *où tant de vertu va-t-elle se nicher*! (1). — Comment!.. — O mon bienfaiteur, pardon, mille fois pardon, je vous offense en vérité bien involontairement. — Mes premieres aventures ont fait quelque bruit dans la capitale & vous me condamnez d'abord; peut-être êtes-vous un peu trop prompt; un peu trop sévere. O mon ami, excusez les folies de l'adolescence, plaignez les passions de la jeunesse, & pour me juger attendez quelque temps (2), vous ne me connoissez pas encore. — Ah! pardonnez vous même une exclamation sans doute indiscrette. Ah! je vous connois & vous dois toute mon estime. Vous vous corrigerez, j'en suis sûr, avec un excellent cœur on ne peut s'égarer long-temps.

---

(1) On sait que ce mot de Moliere est devenu proverbe.

(2) Avis au lecteur.

Il prit ma main qu'il baisa plusieurs fois. En l'embrassant je lui demandai son nom. — Florval, me dit-il.

Florval, j'aime votre noble franchise; êtes-vous sincérement disposé à m'honorer de votre amitié? — Quelle question! — Je vous reverrai donc dans un temps plus heureux? — Quoi! . . — Florval, il faut que je me cache, je ne sais ce que je vais devenir, on me poursuit — On vous poursuit! Puissent vos ennemis se consumer en recherches vaines! puisse leur rage être confondue! Mais pourquoi cet habit? On vous l'a déja vu peut-être? Que n'en prenez-vous un autre! Lequel? — Tenez, dans ce coin ces guenilles noires. C'est ma robe, c'est le meuble qu'il m'a fallu toujours conserver. Ce matin je comptois l'aller vendre; mais je n'ai pas eu la force de gagner l'escalier. Et puis qu'auroit-on voulu m'en donner? elle est si mauvaise! Prenez-la toujours, elle peut vous déguiser parfaitement bien; cachez votre habit dessous, & par-dessus laissez tomber vos cheveux flottants dans toute leur longueur, ils sont encore assez poudrés.

Tout en m'occupant de mon travestissement nouveau, je me permis de faire à Florval plusieurs questions, auxquelles il s'empressa de répondre.

Ainsi vous êtes avocat, Florval? — Hélas! oui, monsieur. — J'avois toujours cru cette profession aussi lucrative qu'honnête. Ah ! monsieur, quel métier ! forcer un pauvre diable à vous payer d'avance pour n'être pas obligé de le faire assigner ! grossoyer pour un procureur, des requêtes à deux sous la page ! tous les matins mentir aux petites audiences pour un écu ! Ah ! monsieur, quel métier, quel métier ! — Cependant il y a tant d'affaires au palais que vous devriez être occupés tous ? — On le croiroit ; mais d'abord *l'ordre*, *l'ordre fameux* est composé de cinq à six cents membres avides d'argent plus que de renommée. J'ai vu tel confrere en vogue caressant la fortune qui lui sourioit, mais négligeant la gloire qu'il pouvoit espérer, dans la même journée griffonner des requêtes, compiler des consultations, brocher des factums, entasser des mémoires, plaider à toutes les chambres, & par cette activité meurtriere, sucer le sang de cinquante clients amaigris, dévorer la substance de cinquante confreres affamés ! Ah ! monsieur, quel métier ! — Allons, Florval, tâchez de vous faire connoître, &... — Et le moyen, monsieur ? si vous saviez que de dégoût ils me donneront, par combien de *remises* ils fatigueront ma patience, avec quelle adresse ils environneront mes débuts de difficultés presque insurmontables ? — Florval, une meilleure fortune vous attend sans doute. Songez aux orateurs célebres, ils eurent

comme vous des obstacles à vaincre. . . . .
— Que me dites-vous, monsieur ? Tout rebute un talent naissant : la sublimité des grands modeles fait son désespoir, moins pourtant que ne le dégoûtent les inconcevables succès de certaines gens si petits, si petits ! croyez-vous qu'il n'y ait qu'en littérature des réputations usurpées ? Au barreau comme ailleurs, monsieur, le mérite timide rougit & se cache, tandis que l'audacieuse médiocrité se produit, sollicite, manœuvre, se prône, parvient & brille d'un éclat qui n'est pas toujours éphémere. Pourquoi, lorsqu'avant-hier, la rage dans le cœur, je regagnois mon grenier pour y expirer de faim, pourquoi mon confrere E.... toujours enivré de succès pendant sa vie, mouroit-il d'une indigestion, sous ses lambris dorés ? Ah ! monsieur, quel métier ! quel métier ! — N'en est-il donc aucun parmi vous qui mérite sa réputation ?
— On peut en compter plusieurs, dont les talents vraiment recommandables honorent le barreau ; veuille le destin que le barreau les honore toujours, que jamais les haines secretes enfantées par les rivalités journalieres, & la basse envie ennemie née de tous les succès, ne s'attachent à leurs pas pour opérer leur ruine & flétrir leur gloire ! Ah ! monsieur, quel métier ! quel métier ! je l'ai vu de trop près. Eh ! qui voudroit le faire, si par hasard il ne se rencontroit de loin

loin en loin quelque malheureux à défendre, au risque d'être *rayé du tableau.* — Florval, mon ami Florval, le malheur vous aigrit. Il est vrai, me répondit-il presqu'en souriant, il est vrai qu'on n'envisage pas les choses du côté le plus beau, quand on a faim depuis deux jours.... Monsieur le chevalier, vous voilà bientôt prêt ... je ne puis descendre dans la rue . . . vous n'avez rien fait pour moi, si vous ne prenez encore la peine de m'envoyer quelque nourriture. — Mon ami, j'y cours.

Pendant qu'il me parloit, j'arrangeois la robe de maniere que sa vétusté fût un peu moins remarquable. Chacun des côtés étoit déchiré par en bas, j'eus soin de retrousser élégamment chacun des côtés comme si j'avois eu peur des crottes, je fourrai l'un des pans dans mon gousset, je tins l'autre sous mon bras. Un long & large accroc laissoit ma poitrine à découvert; je fis un grand rempli & mis artistement des épingles. Quant au dos, les trous se trouvoient cachés sous les plis, ainsi tout alloit au mieux, le petit avocat venoit de disparoître, j'avois l'air d'un procureur syndic : Adieu Florval, si par hasard on vous questionne... — Plutôt souffrir le dernier supplice, que de vous exposer au moindre péril! .. Mais serai-je long-temps sans vous revoir? — Je n'en sais rien, Florval. — Oh! je chercherai! je m'informerai!

vous, M. de Faublas, daignez ne pas oublier celui qui vous doit tout. — Florval, je n'oublierai pas mon ami. — Adieu, mon bienfaiteur, ange libérateur, adieu.

Et comme j'étois au bout du long corridor, l'enfant forçant sa petite voix claire me cria : adieu, mon papa.

Son papa ! & le pere m'appelle son ange libérateur ! & j'arrache à la mort deux victimes ! & mes yeux sont encore mouillés des plus douces larmes qu'ils aient jamais versées ! & mon cœur est plein d'un sentiment délicieux ! ô plaisirs ineffables que l'on goûte à faire une bonne action ! ô bonheur suprême dont je n'avois qu'une foible idée ! mais qu'est-ce que donner de l'argent à un homme de confiance pour qu'il le distribue ? Il faut aller soi-même .. O ma Sophie, un jour nous monterons ensemble dans les greniers, nous pénétrerons dans les réduits du pauvre. Là, nous saurons découvrir la misere qui se cache, prévenir ses pénibles aveux, proportionner les secours aux besoins, calmer les douleurs par les consolations. Là, ma charmante femme, vingt malheureux nourris de tes bienfaits, te rendront un hommage selon ton cœur. Oh ! que tu me paroîtras plus belle, quand je t'aurai vue t'attendrir sur leurs peines secrettes, quand tu reviendras fiere de leurs bénédictions. A peine m'appercevront-ils, ils ne verront que toi !

ce sera ta main qu'ils oseront baiser, ce sera toi qu'ils pourront appeller un ange libérateur ! .. Tu en as la figure céleste, chacun de tes traits atteste une ame divine.... O ma Sophie, tu soutiendras les peres de famille, les orphelins, les pauvres veuves, les filles délaissées ... les veuves ! les filles !.. Faublas, loin de vous cette horrible idée !... Respectez la beauté malheureuse que vous aurez secourue, ou renoncez à tout sentiment d'honneur, & demeurez à jamais chargé de la juste exécration des hommes.

Je m'en allai réfléchissant ainsi jusqu'à la porte de la rue, où les périls qui m'environnoient fixerent mes idées sur des objets tout différents. Je quittois à peine le seuil hospitalier, que plusieurs hommes me suivoient déja. L'un d'entr'eux sur-tout m'épouvanta d'abord d'un coup-d'œil scrutateur; puis, d'un air tantôt irrésolu, tantôt décidé, reportant alternativement son louche regard sur ma figure pâlie, & sur les basses figures de ses vils compagnons, il sembla plusieurs fois les consulter & plusieurs fois aussi leur dire, c'est lui ! je vis le moment où j'étois pris. Persuadé que je ne pouvois échapper au danger qu'en payant d'audace, j'assurai promptement mon maintien, & ma mémoire m'ayant à propos servi, je répétai à haute voix le nom que m'avoit dit Mad. le Blanc, Griffart, m'écriai-je. Le vilain monsieur qui m'inquiétoit, c'étoit justement ce M. Griffart ! *Qu'est que yà ?* me dit-il. — Comment! tu ne me reconnois pas ? — *Je ne sait pat encore.* — Et vous messieurs ? — *Pis qui n'sait pat, lui*, répondit l'un d'eux, *nous n'savons pat itou.* Alors, je pris noblement un air dédaigneux, par-dessus mon épaule je passai toute la troupe en revue, je toisai le chef de la tête aux pieds, enfin je laissai tomber de ma bouche ces mots : quoi ! mes beaux messieurs, vous ne connoissez pas le fils du commissaire C*** ? A ce nom révéré, vous eussiez vu tous mes coquins saisis de respect, soudain mettre bas chapeaux de laine ou bonnets de coton, d'une façon gentille empoigner leurs toupets, subtilement rejeter leurs pieds droits en arriere & me faire ainsi, avec de très-humbles excuses, la révérence de cérémonie. D'un signe de tête je témoignai que j'étois content, & m'adressant à Griffart : Hé bien, mon brave, y a-t-il quelque chose de nouveau ? — *Pat encore note maîte, mais y a gros que ça n'tardera pas. Je crois que nous l'avons reluquée sur le toit, la bonne fille ! faudra ben qu'elle en dégringolle. Elle a pris les habits de mon sesque ; mais c'est z'égal, je dis quoique ça qu'elle n'gourera pas Griffart.* — Et si elle se présente au bout de la rue ? — *Ah ! je* *dis, on la gobe. Bras-de-fer l'allume* (1) *avec les enfants perdus.* — Et de ce côté-là ? — *Tout de même pour changer. Trouve-tout bat l'antif avec les lurons.* — Avec les lurons ! Tenez, mes enfants, allez déjeûner au cabaret ; toi, Griffart, je te charge de porter tout de suite un bon morceau de pain, une piece de rôti & une bouteille de vin à un sieur Florval qui demeure là ... dans cette allée, au cinquieme étage. Ce qui restera de mes six francs, tu reviendras au cabaret le boire avec tes camarades.

Tous ces gens-là s'épuiserent en remerciements plus grossiers qu'énergiques, & je trouvois leurs gestes aussi dégoûtants que ridicules, & leur joie m'attristoit, elle étoit ignoble comme eux. Dès qu'ils m'eurent quitté, je m'interrogeai moi-même : d'un côté, Bras-de-fer avec les enfants perdus ! De l'autre Trouve-tout & les lurons ... oserai-je y aller ? m'exposerai-je à un second examen ? .. j'ai peur ... cette prétendue religieuse qu'ils poursuivent, a, disent-ils, pris des habits d'homme ; si je pouvois me déguiser en femme ? .. Je ne sais, mais Bras-de-fer & Trouve-tout m'épouvante ! .. Ha, ha ! qu'est-ce donc

(1) En termes d'argot, *allumer* signifie guêter. *Battre l'antif* veut dire roder dans les environs. Lecteur, dites que mon livre n'est pas instructif !

que cette engageante demoiſelle, qui, de ſa fenêtre du ſecond étage, appelle poliment tous ceux qui paſſent ? . . allons-y... peut-être qu'avec de l'argent . . . allons-y, nous verrons ; toujours ſerai-je le maître, ſi je ne puis faire mieux, d'aller au bout de la rue préſenter aux Lurons le fils du commiſſaire . . . allons, montons . . . c'eſt mauvaiſe compagnie, Faublas ; mais ma foi, ſauve qui peut.

J'entrai de plein ſaut chez la pauvre fille, qui avoit laiſſé ſa porte entrebâillée. Elle vit ma robe noire & crut voir le diable. Le cri perçant qu'elle pouſſa dut être entendu de toutes les pratiques qu'elle avoit dans le voiſinage. Moi, qui ne me ſouciois point de me mettre ſur les bras la foule des amants de cette moderne Aſpaſie, je me hâtai pour la raſſurer de me dépouiller de la robe ennemie. Sa crainte mortelle ſe diſſipa, dès qu'elle m'entendit proteſter que je n'étois pas monſieur le commiſſaire. Ce fut bien autre choſe quand elle me vit tirer de ma bourſe un double louis ; le plus doux eſpoir brilla ſur ſa figure entiérement raſſérénée. Par un mouvement machinal, ſon bras gauche fut porté en l'air où il ſe poſa.. Que ne ſuis-je *Triſtram Shandi*, ma belle dame ! je vous dirois à quelle hauteur, ſur quelle ligne & dans quelle ſituation. Quant à la main droite, je l'ai bien remarquée : tout-à-l'heure partie de la tabatiere de la demoiselle, elle n'avoit plus qu'un petit espace à parcourir pour arriver au lieu de sa destination ; cependant elle ne put achever le court trajet, & s'arrêta fixée à la hauteur du menton. Là, j'eus quelque regret de m'appercevoir que, les doigts s'étant écartés, la bonne prise de tabac auparavant serrée entre le pouce & l'index, venoit de s'échapper. Un économe zéphyr qui ne vouloit pas que toute la denrée fût perdue, en souffla quelques parcelles sur ma membrane pituitaire, & comme je ne prends jamais de cette vilaine poudre, j'éternuai. Cependant l'aimable fille, la bouche encore entr'ouverte, le front toujours radieux, les yeux invariablement fixés sur le brillant métal, ne m'adressa pas le plus petit mot de politesse ; mais dans son maintien à la fois compatissant & gracieux, j'eus tout lieu d'observer qu'elle mouroit d'envie de me dire : Dieu vous bénisse.

Mademoiselle, ces deux louis sont à toi — Je le veux bien, interrompit-elle ; & plus prompte que l'éclair elle courut à sa porte qu'elle ferma ; à sa fenêtre sur laquelle elle étendit une toile vermoulue, que des gens moins difficiles appelleroient un rideau ; à son alcove... Venez, venez donc, fille trop complaisante & trop vive, si vous aviez voulu m'entendre jusqu'à la fin, vous vous seriez épargné d'inutiles démonstrations qui doivent coûter à votre amour-propre, autant qu'à votre pudeur... En vérité, mon enfant, tu as mal interprété mes intentions. Pour les deux louis que je t'offre, je demande seulement que tu me fournisses des vêtements de femme, & que tu m'aides à m'habiller. Je le veux bien, répondit-elle. — Cela est charmant! tu veux tout ce qu'on veut, toi! — Dame! faut bien faire son état. — Que me donnes-tu là? Un jupon prétendu blanc, plein de crottes du haut en bas! — C'est que l'autre jour je suis revenue de chez *Nicolet* par un mauvais temps. — Et ce caraco tout déchiré? — Je l'ai arrangé comme ça lundi dernier, en rossant un clerc de procureur qui ne vouloit pas me payer. — Et ce fichu tout sale? — C'est un vieux moine qui me l'a chiffonné. — Et cette baigneuse toute roussie? — C'est que mon amoureux, dans un excès de jalousie, l'avoit jetée au feu. — Allons, mademoiselle, reprenez vos guenilles, je n'en veux pas.... Tiens, mon enfant, donne-moi tes meilleures nippes, je les paierai ce que tu les estimeras; les deux louis sont pour le secret. — Voilà qui est parler! foi d'honnête fille, *Fanchette* va vous donner ce qu'elle a de plus brillant, son ajustement du Panthéon; tenez. — Diable! mais ceci est élégant! un habit de bal superbe!

— Je crois bien ! ça appartenoit à une grande dame ! C'est une belle marquise qui a porté ça. Elle en a fait présent à sa femme de chambre qui me l'a vendu. — Cette robe est fort belle. Quelqu'un de ma connoissance en avoit une... elle est fort belle. — Si belle, que je n'ose presque jamais la mettre ! d'ailleurs elle m'est trop longue, je vous la céderai au prix coûtant : quatre louis. Et par-dessus le marché vous aurez encore ce grand chapeau noir avec son panache, & puis les preuves de mon amitié, si vous voulez, parce que vous êtes bien gentil. — Pour la robe & le chapeau, volontiers ; bien obligé du reste.

Il me manquoit encore une chemise, Fanchette eut beaucoup de peine à me la fournir médiocrement bonne, elle eut beaucoup de peine à ne pas outrager ma timide pudeur, en me la passant. La robe qu'elle me mit ensuite, m'alloit aussi-bien, que si on l'eût faite pour moi. Comme cet habit vous sied, disoit Fanchette. — Parfaitement... & plus je le regarde... dis-moi donc qui te l'a vendu ? — Une femme de chambre. — Sais-tu son nom ? — Oui. Justine. — Justine ! c'est Justine qui t'a vendu cet habit de bal ? — Oui. Vous la connoissez, Justine ? — Non. Il appartenoit, dis-tu, à une marquise ? — Oui. Vous la connoissez, la marquise ? — Non... cet habit... en effet... surement... c'est lui... (1) c'eſt lui-même! — Vous le connoiſſez l'habit? — Non... qui m'eût dit, il y a un an, qu'une ſeconde fois je me déguiſerois avec, & cela dans un lieu!... Ce que c'eſt que le monde pourtant! comme on ſe rencontre!.. — Qu'eſt-ce donc que vous marmottez dans vos dents? — Je me rappelle que dans le temps je le remis à Juſtine qui l'auroit dû rendre à Mad. de B***; mais la friponne l'a jugé de bonne priſe. Comme tout ſe découvre! — Parlez tout haut, mon petit cœur. — Le voilà donc, cet habit, qui ſans doute a quelquefois dignement figuré parmi les plus élégants! cet habit qui parut avec honneur dans les plus brillants de nos cercles, le voilà! — Comment dites-vous! — Dans quel endroit je le trouve, & poſſédé par qui!.. — Plaît-il? — Quelle ignominie a ſouillé les jours de ſa gloire ſi vîte éclipſée!.. — Parlez donc plus haut, mon chou, que je vous entende. — Etrange viciſſitude des choſes humaines.... — Ha! bien ça! mais quoi que ça veut dire? — Vous, mes belles dames, qui dormez en paix ſur la foi du reſpect qu'on porte à vos vertus, & dans la ſécurité que vous inſpire la diſcrette fidélité de vos domeſtiques, oſez donc, après un tel exemple, oſez nous

(1) Voyez, ſi cela vous amuſe pourtant, la premiere partie de ma premiere année.

ſoutenir avec aſſurance que rien de ce qui vous appartient ne ſe verra jamais proſtitué dans des lieux de honte ! — Voilà que je ne vous entends plus ! pourquoi parler ſi bas ? — Charmant habit que me prêta ma charmante maîtreſſe, habit galant dont une fois je me ſuis paré, qu'elle a paré plus d'une fois, pourrai-je te reſtituer aujourd'hui quelque foible partie de ton éclat paſſé ? . . — Je n'ai pu attraper que le dernier mot : mon éclat paſſé ? — Que de doux ſouvenirs tu me rends ! — Bah ! — Que de plaiſirs tu me rappelles ! — Moi ? — Permets qu'un baiſer . . . un ſeul baiſer . . .

Pourquoi pas pluſieurs, interrompit-elle encore, je ne demande pas mieux, car tu es le plus joli homme que j'aie jamais vu des deux yeux. Et elle m'embraſſa tendrement, à l'inſtant où j'allois embraſſer l'habit.

Femme toute aimable, cet habit eſt encore plein de toi ! . . — Tiens, il me fait des compliments ! — Oui, ce corſage a conſervé l'empreinte de tes charmes. . . — Dame ! c'eſt que j'en ai. . . — Mon imagination s'exalte, mon ſang bouillonne ! . . — Quoi ! rien qu'un baiſer te met dans cet état-là ! — Un feu dévorant me conſume ! . . — Faut prendre garde à ça. — Ainſi, dit-on, brûla le vaillant Hercule, dès qu'il eut endoſſé la robe fatale de Déjanire.

Ça, mon petit roi, c'eſt peut-être beau ; mais je n'y comprends rien. Au reſte, c'eſt égal... — Que me voulez-vous donc ? Que faites-vous, mademoiſelle ? Hé non, non, laiſſez-moi, je ne veux pas... Tiens, Fanchette, voilà les ſix louis que je te dois. Fais-moi le plaiſir d'aller chercher un fiacre & de me l'amener ; tu m'accompagneras dedans juſqu'à la porte du Luxembourg. En te quittant-là, je te donnerai encore quelques petits écus pour ta courſe ; mais dépêche-toi ſur-tout, & garde-toi bien de dire un mot à perſonne. — Je vous le promets. Je vous aime, parce que vous êtes généreux, & je dis ; vous avez de l'eſprit, car vous me parlez, comme dans les livres, de tout plein de belles choſes que je ne comprends pas. — Va, Fanchette, va vîte.

Il n'y avoit pas cinq minutes qu'elle étoit partie, quand j'entendis la clef tourner dans la ſerrure. Jugez de ma ſurpriſe & de mon effroi, lorſque la porte s'étant ouverte, je vis entrer un inconnu qui, non moins familier que s'il eût été chez lui, me dit bon jour ſans me regarder, & jeta ſur le lit ſa canne & ſon chapeau. Je m'apperçus que ſes jambes chancelantes le portoient de travers, qu'il faiſoit fréquemment des tours ſur lui-même, qu'il accrochoit les meubles & battoit les murs. Sa bouche s'ouvroit avec effort, ſa langue articuloit à peine, ſes dents étoient mêlées ; il prit une chaiſe & s'aſſit à côté, puis en ſe relevant il ſe fit à lui-même, après quelques jurements préparatoires, cette judicieuſe remarque : je me ſuis trompé. Il ajouta : Fanchette, je ſuis ſûr que tu as été inquiete de ce que je ne ſuis pas revenu ſte nuit avant ce matin ... t'a enragé de ça comme d'juſte... Ah ! c'eſt qu'y avoit z'un monde à ſt'hôtel d'Angueleterre ! .. un monde ! ... & du beau monde, da, vante-t'en-s'en ... tiens ! note voiſin le pâtiſſier y étoit ... & pis le maîte d'hôtel de ce monſieur ... tu ſais ben ? .. c'aiti .. c'aiti des petites gens, ça ! .. enfin n'y a pat u z'une querelle, juge ! .. excepté z'un qui en a tué z'un autre ; mais v'la tout ... au bout d'un quart-d'heure il n'en étoit pu queſtion... Ah ! c'eſt z'un plaiſir d'être z'en bonne ſociété ... c'eſt z'un plaiſir à l'hôtel d'Angueleterre ... y a des perſonnes qui s'y ruinent ... avec z'un agrément ... c'eſt charmant d'les voir ... quand on gagne ſur-tout ... j'ai gagné moi ! .. En revenant ... c'n'eſt pas que j'ai beaucoup bu z'en revenant ..., mais le vin ne valoit rien ... tous ces cabarets ſont des coquins ... & pis faut tout dire, l'vin n'eſt pas de garde ct'année ... eſt-ce que j'ſuis gris, moi ? .. qu'en dis-tu, Fanchette ? .. quand un queuquez'un z'eſt gris, il va de côté ...

A ces mots il ſe leva pour venir droit à

moi : mais ſans le vouloir il prit à gauche, & ſe jeta ſur la croiſée dont il briſa quelques vitres. Après bien des détours, il parvint pourtant juſqu'à moi, & pendant quelques ſecondes, il me regarda ſous le nez d'un air qui m'auroit beaucoup amuſé, ſi j'avois eu moins d'inquiétude : c'eſt moi, reprit-il enfin, c'eſt toi ... voilà ben ta chambre z'et ta belle robe ... mais j'ſuis gris ... ho ! ça j'ſuis gris ... t'a les yeux noirs & j'les vois bleus ! .. t'es blonde & tu me ſemble brune ! .. t'es petite & j'te trouve grande ! .. Ho ça ! j'ſuis dedans ; c'eſt clair ... mais quoique ça, je te veux perſuader que t'es gentille & que j'ſuis ton z'amoureux.

Il s'approcha, je reculai ; il me ſuivit, je le repouſſai ; il me retint, je fis un geſte menaçant ; il me donna un coup de poing, je lui en rendis deux ; il ſe jeta ſur mon panache, je le ſaiſis par les cheveux. Sa chûte entraîna la mienne ; le chevalier de Faublas étendu ſur le plancher, roula dans la pouſſiere avec le vil amant d'une fille publique ! Ce qui faillit à rétablir en faveur de mon adverſaire l'inégalité de cet indigne combat, c'eſt que je n'étois pas commodément vêtu pour faire le coup de poing. Cependant la victoire n'auroit pu long-temps balancer incertaine, parce qu'il y avoit dans notre maniere d'eſcrimer, cette différence toute avantageuſe pour moi que, ſans dire un ſeul mot, je tâchois de parer avant de riposter, au lieu que le vilain, jurant comme un cocher, négligeoit la parade & ne cherchoit qu'à me frapper & à me retenir : on juge donc que le plus braillard n'étoit pas le moins maltraité ; mais avant que je fuſſe parvenu à me dégager, les voiſins accoururent au bruit qu'il faiſoit. Charmés de trouver cette occaſion de ſe débarraſſer de leurs odieux locataires, ils commencerent par nous charger d'imprécations & de coups ; enſuite ils nous ſéparerent ; nous deſcendirent & nous livrerent à la garde que l'un d'entr'eux avoit été chercher.

Deux ſoldats mirent les menottes à mon camarade, deux ſoldats me donnerent la main, le peuple me hua, les enfants me ſuivirent. Au bout de la rue, je paſſai triomphante au milieu des *lurons* qui n'attendoient pas, ſous ces pompeux habits & dans cette honorable cortege, leur prétendue religieuſe en homme traveſtie. Mais combien de rues nous courûmes à pied ! que de boue, en chemin ramaſſée, ſouilla l'habit charmant auquel j'avois eſpéré pouvoir rendre ſa ſplendeur premiere ! que de groſſiers propos j'entendis ſur ma route ! avec quelle brutalité me traînerent mes incivils conducteurs ! Ah ! pauvres filles, Dieu vous préſerve de la garde de Paris !

Dieu vous préſerve auſſi du commiſſaire ! Un juge de paix trancher du magiſtrat ! ſe donner les airs de condamner ſans entendre !.. Un peſant caporal conta le fait qu'il ignoroit, ſes ſoldats atteſterent ce qu'ils n'avoient point vu ; pluſieurs témoins crierent que j'étois femme publique & que je roſſois mes amis ; le clerc expéditif, comprenant peu de choſe mais écrivant tout, ferma le procès-verbal avant même qu'on eût daigné s'informer ſi nous n'avions pas quelques moyens de défenſe ; & tout-à-coup du tribunal deſpotique de l'orgueilleux bourgeois, émana cet arrêt ſans appel : le garnement à l'hôtel de la Force ; la fille, à Saint-Martin.

A Saint-Martin ! il eſt donc vrai que j'y fus conduit ! Il eſt donc vrai que de tous les adoleſcents le plus précoce, celui qui pluſieurs fois en certains cas s'étoit montré ſi ſupérieur à tant d'hommes faits, celui dont les ſuccès galants occupoient encore la capitale étonnée, le chevalier de Faublas enfin, proclamé fille par un jugement public, ſe vit enfermé dans une ſuccurſale de l'hôpital, pour y attendre apparemment le grand jour où le chef de la police le feroit, avec cent compagnes proſtituées, transférer à la métropole.

Auſſi pourquoi m'étois-je laiſſé traîner dans cette affreuſe priſon ? Pourquoi l'aveu de mon ſexe chez ce commiſſaire, ne m'eût-il pas attiré une foule de questions, auxquelles je me ferois vu très-embarrassé de répondre ? dans tous les cas, ce moyen extrême ne me restoit-il pas toujours ? & ne devois-je point me flatter que mille autres presqu'aussi faciles m'épargneroient le danger de celui-là ? Avec de l'adresse & de l'or je forcerois les portes de Saint-Martin plus aisément que celles de la Bastille !.. mais je devois sur-tout me hâter; un instant pouvoit me perdre. Dans le fauxbourg Saint-Marceau, devenu pour la seconde fois le théâtre de ma gloire & de mes infortunes, mille accidents pouvoient découvrir les traces que le chevalier de Faublas venoit de laisser sur son passage. Allons, vîte, appellons à mon secours quelques amis .. des amis, je n'ai plus à Paris que des connoissances.. Rosambert... il m'a fait un vilain tour, Rosambert ! & puis il est loin. Derneval est plus loin encore... Madame de B***, n'est peut-être pas arrivée... D'ailleurs comment lui donner de mes nouvelles sans la compromettre ! .. Mais, mon amie, mon amante, ma femme ?.. c'est à elle !.. hé oui, c'est à elle qu'il faut mander !.. non. Du Portail est là qui sans doute a les yeux ouverts. Il peut intercepter les dépêches & m'enlever encore... Non ! je ne veux pas d'un moyen qui m'expose à me priver de ma Sophie... Reste le vicomte de Valbrun;

Ce n'eſt pas à ſa petite maiſon qu'il faut envoyer ; je ne ſais où eſt ſon hôtel ; le commiſſionnaire s'informera ; écrivons au vicomte.

Ce que je vous dis-là, en trente lignes, ma belle dame, j'aurois pu tout comme un autre le délayer en trente pages, puiſque ce fut le réſultat de deux heures de réflexion ; mais parce que je me ſuis ennuyé, faut-il que je vous ennuie ? Je n'ignore pas qu'en littérature ou en librairie, ce qui eſt aſſez ſouvent la même choſe, l'uſage preſque général eſt de barbouiller beaucoup de papier dans l'unique vue de multiplier les feuilles ; mais ce calcul purement mercantille eſt trop au-deſſous d'un homme de ma qualité. Un *noble littérateur* calculeroit comme un bel eſprit roturier : cela ſeroit ſans exemple (1).

Mais revenons à Saint-Martin ; il y avoit donc à peu près deux heures que j'y réfléchiſſois ſur ma ſituation difficile, dont j'allois informer le vicomte, quand on appella Fanchette. Saiſi d'effroi, je ne me décidai qu'avec peine à gagner le premier guichet. Là, je vis une élégante qui m'ayant jeté deux ou trois coups d'œil dédaigneux, m'ordonna d'un ton ſec de la ſuivre. Les portes de la priſon s'ouvrirent,

(1) On ſoupçonne qu'il regne un peu d'ironie dans tout ce morceau. *Note de l'Editeur.*

ma fiere protectrice monta gravement dans sa voiture, & d'un signe de tête m'annonça que j'y pouvois prendre place sur le devant. J'obéis, nous partîmes, alors m'adressant à l'inconnue : madame, que de remerciements ? .. Vous ne m'en devez pas, interrompit-elle, il est vrai que je vous ai tirée de ce bel endroit où vous n'étiez pas trop déplacée, je pense ; mais ce n'a pas été pour vous obliger personnellement, je vous assure. — Cependant, madame... — Cependant, mademoiselle, je vous prie de me croire. — Pourquoi refuseriez-vous le juste hommage ? .. — Bon Dieu ! cela fait des phrases ! Je ne les aime pas, mademoiselle. Ne causons pas ensemble, je vous en prie..

Il y eut un moment de silence, pendant lequel je me demandai tout bas quelle étoit cette incivile libératrice qui me rendoit un si grand service & me traitoit si mal, où m'engageroit cette nouvelle aventure, & ce que j'allois devenir.

La belle dame qui m'avoit ordonné de me taire m'ordonna bientôt de parler : savez-vous lire ? me demanda-t-elle. — Un peu, madame. — Et écrire aussi ? — Tout de même. — Vous coëffez les femmes ? — Eh ! mais sans doute, assez passablement, madame. — Est-ce là tout ce que ? .. — En voilà assez, mademoiselle, vous oubliez qu'il ne vous appartient pas de me questionner.

Bientôt la voiture s'arrêta devant un très-bel hôtel ; l'inconnue me fit entrer dans un superbe appartement où je trouvai M. de Valbrun. Bon jour, mon cher Faublas, me dit-il en m'embrassant, n'êtes-vous pas content du zele que Mad. la baronne de Fonrose a mis à vous servir ? Ah ! je l'ai bien inquiété, votre cher Faublas ! s'écria-t-elle en riant, demandez-lui ce qu'il en pense, demandez-lui si je n'ai pas déja commencé la vengeance de mon sexe. Allons, gentil chevalier, ajouta-t-elle, point de rancune, ne voyez en moi qu'une fée secourable qui vient de vous enlever à des enchanteurs, & pour me prouver votre reconnoissance, venez respectueusement me baiser la main. J'obéis à la baronne en la remerciant, & puis m'adressant au vicomte : M. de Valbrun, partons. — Pour aller où ? — Voir Sophie. — Sophie est-elle à Paris ? — Dans ce fauxbourg même, au couvent de *** rue *** — Tant mieux ; mais pour un instant modérez votre impatience, écoutez-moi : je dois vous dire ce que j'ai fait & prendre avec vous des mesures pour ce qui me reste à faire. — Vous devez, M. le vicomte ! moi, j'aurois dû commencer par vous assurer de toute ma reconnoissance. — Etes-vous jaloux de me la prouver ? — N'en doutez pas. — Hé bien, faites-moi le plaisir de m'entendre. — De tout mon cœur ; mais partons. — Quelle pétulance de grace, écoutez-moi. — Ma Sophie. . . — Nous en parlerons tout-à-l'heure. Chevalier, au milieu de la nuit derniere, je suis revenu à ma petite maison, comme je vous l'avois promis Justine, en me racontant ce qui s'étoit passé, m'a donné de grandes inquiétudes pour vous. Ne sachant ce que vous alliez devenir, & voulant demeurer à portée de vous donner quelques secours si l'occasion s'en présentoit, j'ai pris le parti de rester avec Justine. Cette petite qui me paroît vous aimer beaucoup, étoit continuellement à la fenêtre de la rue. Deux fois dans la matinée, elle a cru vous voir sous deux habits différents. Il y a deux heures enfin, elle m'a crié que la garde vous emmenoit; qu'elle vous reconnoissoit d'autant mieux sous votre nouveau travestissement, que la robe dont vous étiez vêtu, avoit très-certainement appartenu jadis à Mad. la marquise de B***. Aussi-tôt s'est mêlé dans la cohue qui vous suivoit, un fidele émissaire, chargé de revenir le plutôt possible m'apprendre ce que vous seriez devenue. A son retour, je n'ai pas été moins enchanté que surpris de savoir qu'un jugement *ténebreux* venoit d'envoyer la prétendue Fanchette à Saint-Martin. Aussi-tôt j'ai volé chez madame de Fonrose. — Moi d'abord, interrompit-elle, je ne pouvois que m'intéresser beaucoup au sort d'un jeune homme tel que vous. J'ai couru sur le champ vous réclamer à l'hôtel de la police ; & vous savez quel prompt usage j'ai fait du mandat qui ordonnoit votre liberté. — Madame, recevez tous mes remerciements. — M. de Faublas, reprit le vicomte, écoutez-moi jusqu'à la fin. — Sophie m'attend. — Bientôt nous parlerons d'elle, écoutez-moi jusqu'à la fin. Pendant que Mad. la baronne alloit à la police, je retournois au Fauxbourg Saint-Marceau, pour y prendre des informations : il n'y est plus question de Dorothée, on ne parle par-tout que du chevalier de Faublas. — Comment ! déja ! — Pouvez-vous en être étonné ? la déclaration de je ne sais quelle sœur Ursulle qui a, dit-elle, été maltraitée par les ravisseurs de la religieuse ne prouvoit rien contre vous; mais ce qui a tout découvert, c'est la plainte qu'a rendue certain M. de Flourvac, qui dit avoir été attaqué dans l'enclos des *magnétiseurs*, par un jeune homme qui se sauvoit en chemise & l'épée à la main ; c'est la résistance qu'a faite aux officiers de la police Mad. le Blanc, qui a mieux aimé laisser enfoncer la porte de son appartement que de l'ouvrir ; c'est enfin la déposition que s'est vue forcée de faire la vraie Fanchette, qui revenue dans son taudis, y a été *interrogée sur faits & articles*. Le concours de tant d'événements extraordinaires vous a trahi, les plus étonnantes aventures ont été mises sur le compte du plus étonnant jeune homme. Dans deux heures peut-être on ira vous chercher à Saint-Martin pour vous transférer à la Bastille. Madame sera sans doute inquiétée, mais elle est bien avec le ministre. Qu'on ne vous trouve pas, je suis tranquille sur tout le reste. Les amis du comte de la G*** que l'un de vos seconds a tué, sollicitoit vivement sa vengeance : mais j'ai des amis aussi, je jouis de quelque crédit, nous pourrons assoupir cette affaire. En attendant... — En attendant, je veux voir ma Sophie, dussé-je me perdre ! — Vous vous perdriez sans la voir. — Sans la voir ! — Si vous osez faire un pas dehors, vous êtes arrêté. Il ne faut pas douter que tout ce que la police a de plus vigilants suppôts ne soit aujourd'hui sur pied : de grace attendez quelques jours. — Quelques jours ! les jours sont des siecles ! — Les trouveriez-vous moins longs dans une prison d'état, & lorsqu'on vous auroit enlevé jusqu'à l'espérance de revoir votre maîtresse ? — Elle est ma femme, M. le vicomte. La baronne nous interrompit : chevalier, si tout ce qu'on dit d'elle est vrai, je vous en félicite. — Très-vrai, madame, on chercheroit long-temps, avant d'en trouver une qui méritât d'être adorée comme elle ! . . — Je vous crois. — Une qui fût plus digne de la tendresse & des respects de son heureux époux ! . . — Chevalier, reprit le vicomte, permettez... —

Une qui ... — De grace, le temps eſt cher, prenons un parti. Promettez-moi de ne pas vous expoſer. — Hélas ! je ne la verrai donc pas aujourd'hui ! -- Songez que votre affaire peut maintenant s'arranger, mais que ſi vous étiez une fois priſonnier je ne répondrois plus de rien. Chevalier, vous réfléchiſſez ; hé bien ? — Vicomte, vous me voyez pénétré de reconnoiſſance ; dans un temps plus heureux je n'en aurai pas moins ; & je ſaurai l'exprimer mieux, c'eſt dès aujourd'hui vous en donner une preuve que de me rendre à vos conſeils : M. de Valbrun, réglez ma conduite & j'obéirai. — Chevalier, je ne puis maintenant vous offrir un aſyle chez moi, parce qu'on viendra ſurement vous y chercher. — Pourquoi monſieur ne reſteroit-il pas ici ? dit auſſi-tôt la baronne. — Parce qu'il n'y feroit guere plus en ſureté, madame. — Vous croyez, vicomte ? — Mais je vous le demande à vous-même, qu'en penſez-vous ? — Moi, je ne vois pas trop ... — Quoi ! madame, après la démarche que vous venez de faire ! — Oh ! mais vicomte — Vous m'étonnez, madame, répliqua-t-il encore avec un peu d'humeur ; au reſte, ſi vous voulez abſolument garder le chevalier, je ne m'y oppoſerai dans ce moment-ci que par intérêt pour lui ; vous ſavez que je ne ſuis point jaloux. J'aime cependant, lui répondit-elle, le petit ton piqué

piqué dont vous le dites, il prouve que vous avez pour moi plus d'attachement que vous n'en voudriez laiſſer paroître. Meſſieurs, ajouta-t-elle, il eſt tard, commençons par faire habiller & coëffer cette pauvre Fanchette, dont la parure eſt dans un grand déſordre. Enſuite nous paſſerons dans la ſalle à manger, où nous ne reſterons pas long-temps, & pendant le dîner, chacun de nous trois voudra bien rêver aux moyens de ſauver cet aimable cavalier, l'ami de toutes les femmes & l'amant de la ſienne.

Au premier coup de ſonnette, vint une femme de chambre qu'on renvoya, dès que je fus coëffé. La baronne alors, aidée du vicomte de Valbrun qui ne nous quittoit pas, voulut bien me paſſer elle-même un de ſes jolis caracos, auquel il fallut ſacrifier l'*habit de bal* à jamais flétri. Quand ma toilette fut achevée, Mad. de Fonroſe me préſenta ſa main, dont s'empara le vicomte plus prompt que moi; nous allâmes nous mettre à table. La baronne qui n'étoit ſortie de ſon recueillement profond que pour me fixer de temps en temps, la baronne rompit le ſilence par un grand éclat de rire. Le vicomte lui demanda la cauſe de cette gaieté ſubite Je vais vous l'expliquer dans le ſalon, répondit-elle en ſe levant. Je fus preſque affligé de cette bruſque incartade, car au vif appétit qui me restoit encore, je sentois que j'aurois fort bien achevé mon dîner.

Je viens de trouver pour cette jeune fille, nous dit-elle, une place qui lui convient merveilleusement de toutes les manieres. — Une place, s'écria le vicomte! — Une place, oui. Factotum femelle, elle sera demoiselle de compagnie, secrétaire & lectrice chez madame de Lignolle. — La petite comtesse? — Oui. — Une demoiselle de compagnie à la petite comtesse! On en rira — Qu'importe? vicomte, elle en veut une; celle que je vais lui donner en vaut bien une autre, je crois. — Mais à cause de M. Lignolle... — M. de Lignolle! M. de Lignolle est un fort vilain homme à qui j'en veux depuis long-temps. Une de mes intimes amies lui reproche des torts... de ces torts qu'une femme ne pardonne point. Mademoiselle du Portail, ajouta la baronne en se tournant vers moi, je vous recommande la petite comtesse, elle est jeune & jolie, un peu étourdie, très-vive, impérieuse à l'excès, capricieuse aussi; je lui connois une fantaisie qu'elle affectionne: souvent il lui arrive de vouloir être prude pendant un quart-d'heure. Alors jouant la profonde ignorance de la vierge la plus inepte, elle se refuse aux plaisanteries les plus ordinaires, & l'instant d'après vous l'entendez vous tenir, d'un air très-indifférent, un propos très-leste. Au reste elle a des travers qui la perdront si elle n'y prend garde. A son âge elle fuit le monde : personne ne la rencontre nulle part, & peu de gens ont le bonheur de la trouver chez elle. Je crois bien que son vilain mari n'est pas fâché de cette économique retraite ; mais ce n'est pas lui qui l'exige, car c'est elle qui commande. Monsieur de Faublas, je vous charge de former cette enfant ; songez que c'est un effet qu'il faut mettre dans la société. — Ah ! ma Sophie, madame la baronne, ma Sophie ! — Oui, oui, votre Sophie ! fripon non moins fortuné que dangereux, si le bruit public ne m'a pas trompé sur votre caractere & sur vos talents, Sophie, puisqu'elle est absente, ne sauvera pas la comtesse. Je ne vous dirai que deux mots de son sot époux. C'est un homme épais, mal-fait dans sa grande taille, & dont la grosse figure fut peut-être belle dans son temps, mais n'eut jamais d'expression. On assure que plusieurs femmes ont tenté de lui plaire ; mais on n'en peut citer une qu'il ait aimée. Ce monsieur a consacré sa vie aux muses ; il est du nombre de ces petits beaux esprits de qualité dont Paris fourmille, de ces nobles littérateurs qui croient aller au temple de mémoire par des quatrains périodiquement imprimés dans les papiers publics. Il raffollera de vous, si vous prenez la peine de déclamer contre la philosophie moderne

& de deviner des énigmes. Voilà, madame, dit M. de Valbrun, un portrait fait de main de maître, je reconnois le pinceau d'une femme offensée. Vicomte, répondit-elle, je ne vous ai pas dit que ce fût moi qui eusse à se plaindre de lui. Maintenant, je le jurerois, répliqua-t-il, mais aussi de quoi vous avisiez-vous ?

Je les interrompis tous deux pour leur faire cette observation : au lieu d'être femme chez la comtesse, ne puis-je pas être femme ailleurs ? Seroit-il impossible qu'avec ces habits je pénétrasse dans le couvent de ma Sophie ? Aujourd'hui, répondit le vicomte, le péril seroit extrême ! & puis le moyen de rester ? La baronne l'interrompit : attendez, car je m'intéresse à sa jeune femme. Chevalier vous me donnez l'idée d'un projet dont le succès est infaillible. Demain, oui demain, je vous le promets, j'irai moi-même au couvent de Sophie m'informer s'il n'y auroit pas une chambre... — Pour une jeune veuve de vos amies que vous chargeriez d'amener après-demain, madame la baronne ? — Après demain, non. Mais à la fin de la semaine. — O ma Sophie !... Ne sautez donc pas, me dit madame de Fonrose, vous allez vous décoëffer. Elle ajouta : j'admire ce stratagème autant que je l'approuve, on ne croira jamais que ce fût un mari qui s'en avisât. Madame, dit le vicomte, nous pouvons partir, il fait nuit; mais croyez-vous que madame de Lignolle prenne sa demoiselle de compagnie dès ce soir ? — Oui, monsieur, j'en fais mon affaire. — Et M de Lignolle ne s'opposera point à cette fantaisie de sa femme ? — Vous savez bien que monsieur n'a pas de volonté quand madame parle; vous savez bien que quand la comtesse a prononcé le fatal *je veux*, il faut que le comte veuille. Partons chevalier, ajouta-t-elle, vous vous nommerez mademoiselle de Brumont.

Nous descendîmes; comme je montois dans la voiture je vis qu'on plaçoit une malle derriere : elle renferme votre trousseau, me dit la baronne. Je priai le vicomte de me venir voir chez madame de Lignolle le lendemain; il me promit qu'il s'y rendroit à l'entrée de la nuit pour m'informer de ce que madame de Fonrose auroit fait. Alors je me penchai à son oreille, pour lui faire cette confidence : je crois madame de B*** revenue chez elle... Justine ne pourroit-elle pas lui faire passer de mes nouvelles & me donner des siennes ? — Soit, je l'en chargerai. C'est-à-dire, que madame de B*** vous intéresse encore ? — Non, de la maniere dont vous l'entendez; non, parole d'honneur; mais je suis très-impatient de savoir comment le marquis l'aura reçue. — Je m'arrangerai de maniere à pouvoir vous le dire demain.

M. de Valbrun, quoiqu'il prétendît n'être pas jaloux, ne nous quitta qu'à la porte de l'hôtel du comte.

M. de Lignolle étoit chez madame quand on nous annonça. La baronne en me présentant à la comtesse, lui dit : je vous amene cette jeune personne, en qui vous trouverez toutes les qualités nécessaires aux fonctions de la triple charge dont vous l'honorerez. Elle lit, écrit & cause bien. On la loue d'avoir fait d'excellentes études, mais c'est là son moindre mérite. Je lui connois des inclinations honnêtes, des goûts tout-à-fait louables, & sur-tout des talents solides qu'on a rarement dans un âge encore si tendre & avec une aussi jolie figure. Ne croyez pas que j'exagere, comtesse, bientôt vous deviendrez l'intime amie de votre aimable lectrice, & vous découvrirez en elle un vrai trésor de l'acquisition duquel vous me remercierez. Je vous en remercie d'avance, répondit la comtesse, sur votre recommandation je n'hésite pas. Plusieurs de mes amies voudroient bien avoir des demoiselles de compagnie comme celle-là, reprit la baronne ; mais j'ai senti que je vous devois la préférence ; & puis il faut tout dire, c'est un présent que j'ai voulu faire à monsieur de Lignolle.

La comtesse renouvella ses remerciements à la baronne, & lui dit que dès ce soir... dès ce soir, interrompit le comte, attendez donc. — Monſieur, je n'attends pas. — Mais... — Point de mais, monſieur. Il y a trois jours que je demande une demoiſelle de compagnie, & s'il falloit que j'attendiſſe encore, je tomberois malade. — Si dans le monde on trouve ridicule... — Que m'importe, monſieur? — On vous blâmera, madame; car... — Je ſavois bien qu'il nous arriveroit encore un de ces *car* dont vous me fatiguez ſans ceſſe, & qui me ſont inſupportables, ſur tout quand vous me contrariez. Monſieur dès ce ſoir, mademoiſelle... — Mais, madame, je vous obſerve... — Oh! que je ſuis malheureuſe! — Je vous obſerve que ſi...

La comteſſe irritée prit une attitude fiere, regarda M. de Lignolle avec majeſté & du ton le plus impérieux, lui dit: je le veux. Puiſque vous le prenez ainſi, madame, répondit le comte, il faut bien que cela ſoit; que ne vous expliquiez-vous tout d'un coup. Madame la baronne permettra ſeulement que j'examine un peu ſa protégée, car ſouvent on parle de bonnes études, & Dieu ſait ce qu'on entend par-là. J'en ai vus de ces petits meſſieurs qu'on me vantoit comme des prodiges! ils avoient remporté tous les prix de l'univerſité, & ne ſavoient ſeulement pas trouver le mot d'une énigme. Jugez donc ce que çeût été, ſi on les avoit priés d'en faire une!....

Mademoiſelle, je ne doute pas que vous ne ſoyez plus inſtruite, car... votre figure.... vos manieres.... comment vous nommez-vous, mademoiſelle ? — De Brumont, monſieur. — Vous n'êtes pas philoſophe, j'eſpere? — Non, monſieur, je ſuis honnête fille — Belle réponſe, mademoiſelle, ſuperbe, ſuperbe : ah ! c'eſt que ſi vous aviez été une fille philoſophique, nous n'aurions pas pu demeurer enſemble, nous n'aurions pas pu Mademoiſelle, vous êtes de bonne famille apparemment ? — Monſieur, je ſuis noble. — Bon, encore cela, bon. Tenez, je ſuis obſervateur, & j'ai remarque que dans la nobleſſe il y avoit en général des inclinations plus diſtinguées, des talents plus recommandables..... — Oui, monſieur le comte, & une *ſenſibilité* plus exquiſe, & des mœurs moins corrompues. — Vous raiſonnez très-bien, mademoiſelle, je vois que nous ſympathiſerons merveilleuſement. Je vous avouerai que vous êtes arrivée ici dans un moment précieux ; quand on vous a annoncée je limois le dernier vers d'une charade.... Oh ! c'eſt que c'eſt une vraie charade celle-là !... allez, je vous certifie qu'on n'en lit pas ſouvent de meilleures dans le *mercure*... Mademoiſelle, juſqu'à préſent je ſuis infiniment content de vous ; mais permettez que je voie juſqu'à la fin. Ecoutez, je vous prie, ma charade, & cherchez le mot.

> Mon premier qu'anime le vent
> A la chaſſe ſe voit ſouvent ;
> Mon ſecond en tout temps eſt propre,
> Et mon tout eſt toujours mal-propre.

Devinez, mademoiſelle, devinez.

Pendant que M. de Lignolle, tout droit planté vis-à-vis de moi, ſe frottoit les mains d'un air de ſatisfaction, la baronne & la comteſſe parloient modes nouvelles ; & moi, le corps immobile, le regard fixe, la tête un peu renverſée, je cherchois au plafond le mot de l'inimitable charade : mon premier . . . eſt-ce bien cela ? . . oui, . . . cependant . . . ſi fait . . . mais non. Se voit ! on auroit mis s'entend. Non pas, répondit vivement le comte, je m'en ſuis bien gardé. L'oreille, mademoiſelle, l'oreille ! *s'entend ſouvent*, quelle cacophonie cela eût fait ! & voilà juſtement à quoi ne prennent jamais garde vos rimeurs à la toiſe qui ne ſe doutent pas de l'harmonie. *S'entend ſouvent* auroit déchiré le timpan, au lieu qu'*à la chaſſe ſe*, produit un petit ſifflement qui ne reſſemble pas mal au bruit du cor . . . d'un cor dans le lointain . . . d'un cor mourant. — Oui, monſieur le comte. — Hé bien, mademoiſelle, le mot de mon premier ? . . — Eſt cor, monſieur. — Juſtement ! cor,

cor ! n'eſt-il pas vrai que la définition ... — Paroîtra fort ingénieuſe, monſieur, — *Qu'anime le vent*, comment trouvez-vous ? — Joli, monſieur, parfaitement joli. — Et juſte ? — Juſte ! très-juſte, en effet, le ſouffle eſt l'ame de cet inſtrument, & qu'eſt-ce qu'un cor ſans ame ? — Charmant calembourg, mademoiſelle, charmant celui-là ? — Voyons, monſieur le comte, le ſecond membre de la charade. — Le ſecond membre me paroît trivial, j'appelle cela le ſecond chant. — Chant eſt effectivement plus noble, monſieur le comte : *mon ſecond en tout temps eſt propre, & mon tout eſt toujours mal-propre.*

Tandis que j'épuiſois toute ma ſagacité dans l'inutile recherche du mot deſiré, madame de Fonroſe me lançoit quelques regards à la dérobée ; & M. de Lignolle tantôt marchant à grands pas, tantôt s'arrêtant devant moi pour mieux jouir de mon incertitude & de mes efforts, M. de Lignolle de temps en temps s'écrioit : comme elle cherche ! comme elle cherche ! Ah ! meſſieurs du Caveau, nous verrons, nous verrons ſi vous devinez facilement celle-là. — Je vous avoue, monſieur, que mon tout & le ſecond chant m'embarraſſent ... *& mon tout eſt toujours mal-propre ;* toujours ? — Oui toujours ; en dedans bien entendu, parce que l'encre ...

Sa réflexion fut un trait de lumiere :

Monſieur le comte, je le tiens. — Bon? — C'eſt cornet, monſieur le comte. Elle l'a ma foi devinée, s'écria-t-il. Preuve qu'elle eſt bien faite, la charade! Ah! baronne, vous avez raiſon, c'eſt une fille vraiment étonnante! Monſieur, je ſuis fort aiſe, répliqua Mad. de Fonroſe, que vous la trouviez telle; mais c'eſt ſur-tout aux yeux de la comteſſe que je veux qu'elle ſe montre ainſi. D'honneur, répéta-t-il, une fille étonnante! elle vient de deviner ma plus belle charade... Une charade dont le plan ſeul m'a coûté cinq jours de méditation!.. Une charade dont j'ai travaillé le ſtyle pendant neuf jours & demi... Enfin j'ai changé dix-huit fois le premier vers... Oui, dix-huit fois. Je faiſois des variantes en dormant. — Comme Voltaire, monſieur le comte? — Ah! Mademoiſelle, Voltaire n'a jamais fait de charades, & puis c'étoit un philoſophe. Revenons à mon ouvrage, comment le trouvez-vous? — Très-ſaillant, monſieur. — Là, vraiment? — Un chef-d'œuvre dans ce genre là! Quoi! ſans compliment? — Sans compliment. — Il eſt vrai que le ſecond chant m'a donné bien de la peine. — Je le crois. — Oh! bien de la peine! ce petit mot net n'étoit pas facile à définir: *mon ſecond en tout temps eſt propre.* — Aſſurément, ce qui eſt net eſt propre. — *Et mon tout eſt toujours mal-propre.* Cette oppoſition, mademoiselle, heim ! que vous semble ? — Je trouve l'antithese... — Plaît-il ? — Je trouve l'antithese... — C'est donc une antithese, cela ? — Oui, monsieur. — Ah ! c'est une antithese ! je savois bien que je faisois des antitheses, moi ! .. je n'ai pourtant pas achevé ma rhétorique ; mais voilà de ces choses que certaines gens n'ont pas besoin d'apprendre. C'est la nature qui donne les antitheses... Mesdames, cela s'appelle une antithese.

Point du tout, monsieur, lui répondit la comtesse, entiérement occupée de ce que lui disoit la baronne, cela s'appelle des bêtises. — Comment, madame, des bêtises ? — Oui, monsieur, ces petits coussins que nous mettons sur nos hanches pour relever & faire bouffer nos jupons, s'appellent des bêtises. Ah ! madame, s'écria-t-il, quelle réponse ! Il revint à moi : tenez, mademoiselle de Brumont, je ne dis pas cela pour vous, car d'honneur vous m'étonnez ; mais les femmes sont bien petites avec leurs chiffons. Quand vous aurez gagné la confiance de la comtesse, ajouta-t-il tout bas, tâchez de lui donner des goûts solides, chargez-vous de son instruction, enseignez-lui le grand art des charades & des antitheses... -- Ah ! laissez-moi faire, monsieur le comte, que j'aie seulement le bonheur de lui plaire... — Vous lui plairez ! — Croyez-vous ? — Vous lui plairez, j'en suis sûr. — Hé bien, je lui apprendrai beaucoup de choses dont elle ne se doute pas, je vous en donne ma parole. — Vous me rendrez, mademoiselle, un véritable service, dont je serai très-reconnoissant — Vous avez trop de bonté, monsieur; un autre vous remercieroit, & moi je suis tenté de vous en vouloir. Ailleurs j'ai quelquefois occupé la place que vous m'invitez à prendre chez vous, & jamais mari n'eut besoin de m'exciter à remplir auprès de sa femme des devoirs que je ne m'imposerois point, si l'exercice m'en paroissoit désagréable. Mes soins pour madame la comtesse seront, quant à vous, toujours désintéressés je vous jure. — Pardon, mademoiselle, je n'avois pas l'intention de vous mortifier, car déja vous m'inspirez beaucoup d'estime. Tous vos discours sont ceux d'une fille aimable, savante & point philosophe. — Monsieur le comte, revenons à votre charade; elle sont bien riches, ces deux rimes *propre* & *mal-propre*. — N'est-ce pas? — Et j'admire encore l'heureux choix des mots, la finesse des définitions... Monsieur, dites-moi donc comment vous faites? — Volontiers, mademoiselle, parce que j'aime à raisonner poésie avec quelqu'un qui s'y connoît. Il y a des gens qui profondément recueillis, tirent à la fois de leurs têtes la mesure, le repos, la rime & le sens; ils sont tout d'un seul jet ; leurs vers sont finis quand ils les écrivent. Cette méthode ne vaut rien, mademoiselle, on se fatigue beaucoup en composant ainsi ; & quoiqu'on puisse faire, des vers fabriqués de la sorte sentent toujours le travail ; c'est-là le grand défaut de nos meilleurs poëtes. Moi, d'abord je me suis imposé la loi de ne jamais faire d'alexandrins. Par-là j'évite la regle des repos qui est très-gênante, & qui ne vaut pas la peine qu'on se donne. Mes plus longs vers sont de huit syllabes ; pour la mesure je compte sur mes doigts ; la rime je la prends dans le dictionnaire de Richelet ; & la raison, je l'attends pendant quinze jours s'il le faut : aussi mes vers sont très-faciles. — Et vos charades ont le mérite d'être faites en bouts rimés. — Justement, chaque poëte a son faire & voilà le mien. — Vous ne me disiez pas cela ? — Diantre ! c'est mon secret ! — Il est mal gardé, monsieur le comte, presque tous les beaux esprits du jour le possedent. Lisez la foule de leurs opuscules que chaque semaine voit naître & mourir, sous le titre orgueilleusement modeste de *mes fantaisies*, *mes souvenirs*, *mes essais*, *mes délassements*, *mes caprices*, *mes loisirs*, &c. ; lisez les petites chansons de société, dont ils régalent leurs amis aux bons jours de fête, & qu'ensuite ils adressent à la postérité dans ces almanachs prétendus poétiques qu'on achete au jour de l'an, pour les oublier avant la mi-janvier. Lisez les ariettes de nos grands opéra comiques, de nos petits opéra lamentables; lisez les doux madrigaux de nos comédies à la mode; lisez nos odes *germaniques*, nos épouvantables tragédies; lisez, monsieur le comte, vous verrez que tout cela se fait à peu près à votre maniere, & que la poésie moderne a sur l'autre l'avantage d'être toute en bouts-ruimés.

Je vis qu'il prenoit un air sérieux & je lui rendis sa belle humeur en l'accablant d'éloges. Là, sérieusement, reprit-il bientôt, ma charade vous a séduite? — Très-sérieusement. — Vous en êtes enchantée? — Ravie! — Vous n'y trouvez rien à changer? — Rien du tout. — Cependant ne vous gênez pas, si vous avez quelques observations... — Aucune. — Je n'y mets pas de prétention d'abord. — Je le vois bien. — Ainsi vous estimez?.. — Que cet ouvrage est accompli, M. le comte. — Hé bien, à vous parler franchement, c'est aussi mon avis, & je crois que sans se compromettre, on peut signer cela? — Assurément, & comptez, monsieur, sur la reconnoissance publique.

Il prit une plume & sous le mot *mal-propre* il écrivit: par M. Jean-Baptiste-Emanuel-Frédéric-Louis-Chrisostôme-Joseph, comte de Lignolle, seigneur des *** &

du *** & de ***, lieutanant-colonel du régiment de *** en garnison à ***, chevalier de l'ordre royal & militaire de Saint-Louis, à Paris, rue ***, Hôtel de ***.

Quoi ! monsieur, vos noms, vos titres & votre demeure ! — Mademoiselle, c'est l'usage. . . là ! . . vous lirez cela dans le *Mercure* de la semaine prochaine.

Le comte enivré de mon approbation alla dire à la baronne qu'elle verroit bientôt quelque chose de sa façon dans les papiers publics ; ensuite il s'adressa à la comtesse : Madame, vous pouvez prendre Mlle. de Brumont, je vous certifie, moi, que vous en serez très-satisfaite ; je vous la donne pour une fille rare dont on ne connoît pas tout le mérite. Ah ! vous pouvez la prendre, vous le pouvez ! Monsieur, répondit la comtesse, je suis fort aise que vous soyez de mon avis ; mais déja c'étoit une affaire arrangée.

M. de Lignolle revint à moi & me tirant un peu à l'écart, il me dit bien bas : mademoiselle de Brumont, j'ai une grace à vous demander. — Monsieur, parlez. — Je ne puis douter que vous n'ayez de bonnes mœurs, puisque vous êtes noble & ennemie des philosophes ; mais tous les jours une jeune fille, quoiqu'elle soit sage, entend conter des aventures galantes & les répete. — Fi donc, monsieur. — Bon ! vous me comprenez : je desire que vous n'ayez jamais de ces sortes de conversations avec la comtesse. — Cela n'est pas facile, monsieur, car les jeunes femmes... — Oui ! aiment en général à causer de mille fadaises qui leur gâtent l'esprit, qui leur donnent une idée fausse du monde ! & je vous supplie d'éviter cela, tant que vous le pourrez. — Monsieur, je suis franche, je ne puis vous répondre... — Ah ! tâchez ; j'ai de bonnes raisons pour vous en prier. — Je le crois, monsieur. — D'ailleurs, vous n'aurez pas infiniment de peine, la comtesse est sur cela d'une grande réserve. — Je n'en suis pas fâché. — Et puis ses lectures sont choisies. Elle a de bons livres, bien moraux, qui n'amusent pas beaucoup, mais qui instruisent. Point de romans, par exemple, point de romans ! car dans tous ces maudits ouvrages il y a de l'amour. — Oui, ces messieurs nous assomment ! c'est une chose bien désagréable ! — Mademoiselle, chez moi pas plus d'amour que de philosophie, car tenez, la philosophie & l'amour...

La baronne qui se levoit pour s'en aller, interrompit le comte & me fit perdre le très-beau parallele que j'allois entendre. Mademoiselle, me dit madame de Fonrose d'un ton protecteur, je vous laisse dans une maison fort agréable, où tous les plaisirs vous attendent. Songez qu'à compter de ce moment-ci vous appartenez à madame la comteſſe ; qu'il s'agit non-ſeulement d'exécuter ſes volontés, mais encore de prévenir ſes deſirs ; & qu'enfin, duſſiez-vous même en certains points déſobliger monſieur, votre premier devoir eſt de plaire à madame. Je crois que ce ne ſera pour vous une choſe ni déſagréable ni difficile ; il y va de votre honneur de juſtifier l'opinion très-avantageuſe que j'ai conçue de vous : efforcez-vous donc de mériter le plus promptement poſſible les bontés d'une auſſi charmante maîtreſſe.

Après m'avoir ſermonné de la ſorte, mon auguſte protectrice me donna un baiſer ſur le front & s'en alla. Dès qu'elle fut partie, je priai la comteſſe de me permettre d'aller me mettre au lit. Monſieur de Lignolle inſiſtoit pour que je reſtaſſe, mais un *je le veux* de madame lui ferma la bouche. La comteſſe elle-même me conduiſit au petit appartement qu'elle m'avoit deſtiné ; c'étoit une eſpece de cabinet pratiqué au fond de ſa chambre à coucher. Le comte me ſouhaita pluſieurs fois le bon ſoir d'un ton très-affectueux, & madame de Lignolle, en me donnant un baiſer ſur le front, me dit avec beaucoup de vivacité : bonne nuit, mademoiſelle de Brumont, dormez-bien, je le veux, entendez-vous ?

Me voilà ſeul & je reſpire enfin ; je me trouve dans une maiſon ſûre où probablement mes ennemis ne me viendront pas chercher. Depuis près de quatre jours que de périls m'ont environné ! combien d'aventures, d'inquiétudes & de plaisirs, depuis plus de quarante-huit heures !... Des plaisirs ! des plaisirs loin de ma Sophie !.... loin d'elle ! Heureusement l'espace qui nous séparoit se trouve beaucoup diminué. Plus de soixante lieues étoient entre nous ; maintenant elle est éloignée de cinq cents pas tout au plus. La même enceinte nous renferme, nous respirons pour ainsi dire le même air... hélas ! & je ne puis l'aller joindre tout-à-l'heure ; & cette nuit encore dans un songe imposteur je n'embrasserai que son image ; & cette nuit encore elle arrosera de ses pleurs sa couche solitaire ! Monsieur de Valbrun, venez demain, comme vous me l'avez promis, venez ; car si vous me manquez de parole, dès le soir je pars seul ; à tout hasard je vais au couvent, j'y demande ma femme, je m'enivre du plaisir de la voir, du plaisir de récompenser sa tendre sollicitude & de consoler sa douleur !.... oui, j'irai, je chercherai le péril, j'affronterai les regards ennemis ! ... oui, trop heureux mille fois de payer de ma liberté quelques instants de volupté suprême, je ne me plaindrai pas de mon sort si l'on ne m'arrête qu'au retour.

Oui, j'irai ; la comtesse ne me retiendra pas.....elle est jolie pourtant la comtesse !... une petite brune, d'une grande blancheur ! toute jeune ! de la vivacité ! mais d'un caractere impérieux ! Oh ! le petit dragon !... a-t-elle de l'esprit ? aime-t-elle son mari ?... Mais à quelles idées me livre mon imagination toujours prompte ! Est-ce donc pour m'occuper de ces bagatelles que j'ai demandé à la comtesse la permission de me retirer ? O mon pere, applaudissez-vous d'avoir un fils qui vous aime : c'étoit pour s'entretenir avec vous que Faublas quittoit une jolie femme ! & Faublas ne sentoit que le plaisir de pouvoir enfin vous donner de ses nouvelles !

Je ne puis me dispenser de rapporter ici toute entiere la lettre tendre & respectueuse.

MON PERE,

« Peut-être en ce moment m'accusez-
» vous d'ingratitude & de cruauté ; je vous
» ai délaissé dans cet asyle que vous em-
» bellissiez pour moi ; mais vous n'igno-
» rez pas quelle passion consume un cœur
» que vous avez fait trop sensible, vous
» n'ignorez pas de quel coup l'a frappé
» l'inconcevable attentat d'un homme qui
» se disoit notre ami. Mon pere, en vous
» quittant je me proposois un prompt re-
» tour, le chagrin que vous auroit causé
» mon absence devoit être bientôt effacé ;
» ma femme au contraire gémissoit comme

» moi dans les tourments d'une séparation, » que pouvoit rendre éternelle le déses- » poir de l'un des deux amants. Mon pere, » il est vrai que loin de vous je n'existe » qu'à demi ; mais je n'aurois pu vivre loin » de ma Sophie.

» J'ai su qu'elle étoit à Paris, j'ai volé. » Mon pere n'a point reçu mes adieux, » parce qu'il ne m'eût point permis de » braver les dangers qui m'attendoient sur » la route. Aucun des malheurs que je » craignois ne m'est arrivé ; mais j'ai » couru plus d'un péril que je n'avois pas » prévu. Depuis trois jours que je suis » dans la capitale, voici le premier mo- » ment de ma liberté ; je le consacre à » celui qui seroit ce que j'ai de plus cher » au monde, si ma Sophie n'existoit pas.

» Je comptois retourner vers vous, mon » pere, & je vous supplie de revenir » ici. Vous ne pouvez craindre à Paris » que les dangers qui me menacent, & » bientôt il n'y en aura plus pour moi. » Je me suis déja fait des amis puissants, » qui, réunis aux vôtres, assoupiront, je » crois, ma malheureuse affaire. D'ailleurs » j'espere, sous trois jours au plus tard, » me réfugier dans un lieu sûr Revenez » de grace ; revenez, je vous en con- » jure. Oh ! qu'il sera beau, le jour où » le chevalier de Faublas & sa femme em- » brasseront leur pere chéri !

» En attendant que j'aie ce bonheur, » daignez m'écrire un mot pour me tranquillifer. Voici mon adreffe : la veuve » Grandval, au couvent de ***, rue ***, » faubourg Saint-Germain. Mon pere, figurez-vous ma joie, votre réponfe me » trouvera près de Sophie. De grace, » écrivez promptement, mon pere, » écrivez.

» Je fuis avec un profond refpect, &c.

» P. S. Il ne m'a pas été poffible jufqu'à préfent de voir ma chere Adélaïde ; j'enverrai à fon couvent, auffitôt que je le pourrai ».

Maintenant que j'ai cacheté cette lettre, & que j'ai mis l'adreffe à M. de Belcour, qu'il me foit permis d'examiner un peu mon petit appartement. Cette porte donne dans la chambre à coucher de la comteffe. Cette autre, fur un efcalier dérobé qui defcend dans la cour. Elle eft commode ma petite chambre ! fi dans la nuit il me prenoit fantaifie d'aller vifiter Mad. de Lignolle ! .. Oh ! je n'en ferai rien ; va, fois tranquille, ma Sophie . . . couche-t-il avec elle, M. de Lignolle ? .. Que m'importe ? Quelle idée me vient-là ? . . Le grand mal après tout ! je n'y mets pas un vif intérêt . . . c'eft fimplement de la curiofité . . . oui, mais cependant cela me tourmente, je voudrois favoir fi les époux font lit à part . . . je ne vois qu'un lit dans la chambre à coucher de madame; mais il eſt grand, & il ſe pourroit que monſieur n'eût pas ſon appartement ſéparé ... comment faire pour m'en inſtruire ?.. Parbleu ! guéter le moment & regarder par le trou de ma ſerrure ... bon ! il n'eſt que ſept heures ; ils ne ſouperont pas avant dix, ils ne ſe retireront point avant minuit ! j'attendrois là cinq heures d'horloge ! .. je meurs de fatigue... ma foi, non. Ma charmante femme, je ne m'occuperai que de vous, & la preuve, c'eſt que je vais me coucher.

Je le fis auſſi-tôt, & je m'endormis ſi bien que le lendemain Mad. de Lignolle fut obligée de me faire appeller, pour que j'aſſiſtaſſe à ſon lever.

Comment avez-vous paſſé la nuit, mademoiſelle de Brumont, me demande-t-elle avec vivacité ? — Parfaitement bien, & madame ? — J'ai mal dormi — Madame a pourtant le teint vermeil & les yeux brillants. Je vous aſſure que j'ai mal dormi, répondit-elle en ſouriant. — C'eſt peut-être la faute de M. le comte. — Comment cela ? .. répondez donc, mademoiſelle, comment cela ? — Madame... — Expliquez-vous, je veux ſavoir... — Je prie madame de recevoir mes excuſes ; je lui ai peut-être déplu par cette plaiſanterie innocente. — Point du tout ; mais je ne l'entends pas, expliquez-la moi & dépêchez-vous, car je n'aime pas à attendre. — Madame... — Mademoiselle, vous m'impatientez. Parlez, je le veux. — Madame, je vais vous obéir : il est vrai que Monsieur le comte atteindra bientôt la cinquantaine ; mais madame la comtesse est toute jeune, je crois. — J'ai seize ans. — Il est vrai que M. le comte paroît d'une santé bien foible ; mais Mad. la comtesse est jolie. — Sans compliment, le trouvez-vous ? — Je ne fais surement que répéter à madame ce qu'elle a coutume d'entendre. — Vous êtes tout-à-fait polie, Mlle. de Brumont ; mais revenons à ce que vous me disiez d'abord. — Volontiers : il est vrai que M le comte est le mari de madame ; mais il n'y a pas long-temps que Mad. la comtesse est sa femme, je pense ? — Il y a deux mois. — J'ai conclu de tout cela que M. de Lignolle encore amoureux de sa charmante épouse, avoit pu... — Hé bien, dites donc ce qu'il avoit pu. — Venir cette nuit chez madame. — Jamais monsieur ne vient chez moi la nuit. — Ou bien, hier au soir, y rester plus tard qu'à l'ordinaire & tourmenter un peu Mad. la comtesse. — Me tourmenter ! à quoi bon ? — Quand je dis la tourmenter, j'entends lui faire ces caresses qui sont très-permises entre deux époux. — Quoi ! ce n'est que cela ! quoi, vous aussi vous croyez que je ne dormirois pas de la nuit, parce que le soir mon mari

m'auroit

m'auroit embrassée cinq ou six fois ! je ne sais par quelle manie tout le monde me tient ce singulier propos !

A ces mots la comtesse passa avec sa femme de chambre dans son cabinet de toilette, & me dit qu'elle alloit bientôt revenir. Resté seul, je me mis à réfléchir sur la conversation que nous venions d'avoir ensemble : cette femme m'étonne ! aurois-je mal joué l'embarras ? s'amusoit-elle à mes dépens ? Non, elle parloit très-sérieusement, elle avoit l'air de l'innocence ! c'étoit le ton de la candeur ! .. Quoi donc ! une jeune personne, après deux mois de mariage, se pique-t-elle de n'être pas plus instruite à certains égards que deux mois auparavant ? Elle étoit si claire cette phrase : *c'est peut-être la faute de M. le comte.* Pourquoi s'obstiner à ne pas l'entendre ? Est-ce une maniere polie qu'elle ait cru devoir employer pour repousser une plaisanterie qui ne lui plaisoit pas ? J'en doute. Impérieuse & vive comme elle est, elle m'eût simplement dit : cela me déplaît ! & tout au contraire c'est elle qui exige une explication difficile que j'hésitois à lui donner, dont elle affecte encore de ne pas saisir le véritable sens, & après laquelle, du ton le plus naïf, elle me fait cette équivoque réponse : *Vous croyez que je ne dormirois pas de la nuit, parce que le soir mon mari m'auroit embrassée cinq ou six fois ?*

Ma foi ! Mad. la comtesse, comment l'entendez-vous ? J'avoue qu'à mon tour je m'y perds. J'avoue que je ne puis concilier ensemble votre état de nouvelle mariée, vos airs de vierge & vos discours ou trop innocents ou trop libres.

Mad. de Lignolle, prompte à me tenir parole, revint bientôt dans un déshabillé très-simple, passa dans son boudoir où elle me pria de la suivre & demanda le chocolat. Nous allions déjeûner, quand M. de Lignolle accourut en criant : non, non, non, je ne ferai point de grace, je serai inexorable. Eh ! bon Dieu, dit la comtesse, quelle colere ! jamais je ne vous ai vu dans cet état. Qu'y a-t-il donc ? — Ce qu'il y a, madame, une chose affreuse ! — Comment ! — Le plus grand des malheurs ! — Monsieur, dites-moi... — J'en suis épouvanté. — Dites-moi donc.... — Un monstre s'est glissé chez nous & conspire notre ruine ! — Est-il possible ? — Sans moi, sans le hasard qui me l'a fait découvrir.. Hé bien ? — Vous étiez peut-être perdue, madame. — J'étois perdue, monsieur ! — Le malheureux me ravissoit mon bien ! — Votre bien ? — Le malheureux vous ravissoit l'honneur ! — Mon honneur ? — Cette nuit vous dormiez tranquille, un séducteur étoit auprès de vous ! — Un séducteur ! — Fiez-vous désormais à ceux qui se disent vos amis — Mais je ne comprends rien à ce que vous ... — Ce ſont de prétendus amis qui vous l'ont donné. — Qui ? quoi ? qu'eſt-ce ? — Qui vous ont répondu ... monſieur. .. — De ſa ſageſſe. .. — Voulez-vous enfin... — De ſa conduite... — Vous expliquer. — De ſon honnêteté. Oh ! je perds patience. — Et qui...

Le comte dont j'obſervois tous les mouvements, loin de m'adreſſer directement aucune des apoſtrophes injurieuſes que ſa colere lui arrachoit, ne me regardoit même pas, & peut-être ignoroit encore que j'étois-là. Cependant quelques-unes des réflexions malhonnêtes ſembloient tellement applicables à ma ſituation préſente, qu'il s'en falloit beaucoup que je fuſſe à mon aiſe. La jeune de Lignolle, bouillante d'impatience, venoit de ſe lever bruſquement, avoit pris au collet ſon mari tout étonné, & le ſecouant avec force, elle lui diſoit : vous m'avez miſe hors de moi, monſieur, il eſt inconcevable que depuis une heure vous vous faſſiez un jeu de mon inquiétude... — Doucement, madame, doucement, vous m'étranglez ! — Expliquez-vous... — Madame, vous déchirez ma robe de chambre ! — Expliquez-vous, monſieur, je le veux. — Hé bien, madame, voici le fait : je ne ſais par quelle inſpiration ſecrete je me ſuis aviſé d'entrer tout-à-l'heure dans votre antichambre ;

en la traverſant, j'apperçois ſur le poële une brochure ouverte, j'approche, je lis un livre affreux, madame !.. Le plus dangereux, le plus abominable des livres ! Un ouvrage philoſophique !.. — Ah ! nous y voilà. — *Le diſcours ſur l'origine de l'inégalité parmi les hommes.*

Déſormais raſſuré ſur mon compte, je me permis d'interrompre M. de Lignolle, & de lui témoigner toute ma ſurpriſe ; comment ! monſieur le comte, vous appellez le *diſcours ſur l'inégalité*, un livre abominable ? — Oui, mademoiſelle, & mal fait. — Mal fait ! un des meilleurs ouvrages du plus grand de nos écrivains ! — Du plus grand ! non, mademoiſelle, Jean-Jacques eſt *moins pur & moins correct* que M. de Buffon. — Monſieur, pénétrée de reſpect pour les rares talents de ces deux grands hommes, je me proſterne & je me tais. Mais ſi jamais orgueilleuſe diſciple, j'oſois prononcer hardiment lequel de mes maîtres on doit admirer le plus, Jean-Jacques emporteroit, je crois, le prix de l'éloquence. — Mademoiſelle, le naturaliſte écrit mieux, demandez à ſon *adorable & noble fille.* — Ah ! je .. je m'en rapporte à vous, monſieur. — *Et ſi l'on trouve dans les ouvrages de Rouſſeau tant de diſparates & d'inégalites, c'eſt qu'il imite ſouvent le ſtyle à la fois emphatique & trivial de l'auteur des penſées philoſophiques.* —

Jean - Jacques imiter Diderot ! Ah, monsieur ! -- Vous en doutez, mademoiselle ? demandez à cette dame... — Je vous répete, monsieur, que j'aime encore mieux m'en rapporter à vous.

Tout ce que vous dites - là peut être fort bon, interrompit la comtesse ; mais je voudrois savoir ce qu'il y a de commun entre l'honneur des femmes & ce traité de l'inégalité des hommes. Vous demandez ce qu'il y a de commun, madame, répondit le comte avec beaucoup de chaleur, vous ne le sentez pas ? Comment ! un ouvrage philosophique se lira publiquement chez vous ! tous vos laquais deviendront philosophes, & vous ne tremblez pas ? — Que pourroit-il en arriver, monsieur ? — Des désordres de toute espece, madame. Un laquais, dès qu'il est philosophe, corrompt tous ses camarades, vole son maître & séduit sa maîtresse. — Fi donc, monsieur ! — Aussi je viens de faire maison nette dans l'antichambre. — Vous congédiez tous nos gens ? — Oui, madame. — Je n'entends pas cela, monsieur. Si l'un d'eux est vraiment coupable, renvoyez - le, j'y consens. — Je les renverrai tous, madame. — Non, monsieur. —Tous sont déja perdus ; il ne faut qu'une demi - heure à un philosophe pour corrompre mille honnêtes gens. Un philosophe... — Monsieur... — Un philosophe ! c'est un pestiféré dans une grande ville... — Je vous dis... — Un ſcorbutique dans un hôpital !.. — Que mes gens reſteront. — Un écolier galeux dans un college... — Quelles expreſſions ! — Un cheval morveux dans une écurie ! — La noble comparaiſon ! — Un... — monſieur, finirez-vous de m'étourdir ainſi ? — *Oui, je l'avoue, quand je vois entre les mains de mes gens les penſées philoſophiques, ou le dictionnaire philoſophique, ou le diſcours ſur la vie heureuſe, ou le diſcours ſur l'origine de l'inégalité parmi les hommes, &c. je ſuis très-effrayé, & je ne me crois nullement en ſureté dans ma maiſon.*

Cependant la comteſſe, furieuſe de ce que pour la premiere fois ſans doute, M. de Lignolle oſoit lui déſobéir, l'impatiente comteſſe venoit de ſe jeter dans un fauteuil. Là, toute entiere à ſon impuiſſante fureur, elle frappoit la terre de ſes pieds, ſe mordoit les mains, & de temps en temps crioit comme une folle. Inſenſible à ſon comique déſeſpoir, le comique anti-philoſophe continuoit toujours.

Combien de malheureux de cette claſſe la philoſophie de ce ſiecle n'a-t-elle pas pervertis ! Elle a produit plus de crimes & de ſuicides en tout genre, que jamais dans aucun temps l'infortune & la miſere n'en ont fait commettre. Je pourrois, en condamnant ſes opinions & plaignant ſes erreurs, être l'ami d'un homme partiſan de la fauſſe philoſophie ; mais rien ne pourra m'engager à garder des laquais philoſophes.

Monſieur, s'écria la comteſſe avec beaucoup de fierté, vous garderez pourtant ceux-là, car je le veux. A ce mot déciſif, le bon époux comme altéré perdit ſa fureur paſſagere, & répondit très-modérément : puiſque vous le voulez, madame, il faudra bien que je le veuille ; mais du moins permettez quelques obſervations. —Faites-m'en grace, monſieur, interrompit-elle, & que je ne ſois pas obligée de répéter que je le veux. Fort bien, madame, répliqua-t-il, en ſecouant la tête & reprenant par degrés ſa riſible colere, fort bien ! cela ſera ; mais vous verrez, vous verrez les ſuites. Toujours vous repouſſez le flambeau de mon expérience ; mais tous vos gens vous donneront des leçons. Il n'y en a pas un, j'en ſuis ſûr, qui ne ſoit déja philoſophe dans l'ame ; par conſéquent vos laquais deviendront ivrognes, mal-propres, inſolents, mal-adroits ; votre palfrenier eſtropiera vos chevaux ; votre cocher écraſera les paſſants ; votre cuiſinier manquera ſes ſauces ; votre maître-d'hôtel renverſera les plats ſur la nappe & ſur vos habits ; votre frotteur briſera vos meubles ; vos fourniſſeurs enfleront leurs mémoires ; votre intendant vous volera ; vos femmes de chambre trahiront vos ſecrets, ou vous calomnieront ; votre demoiſelle de compagnie fera un enfant chez vous. Vous même, madame, vous même vous lirez ces méchants livres ; vous lirez le soir dans votre lit, & quelque nuit vous finirez par mettre le feu à votre hôtel ; & tout cela, parce que ce maudit Jean-Jacques sera entré dans mon antichambre. Mais c'est égal, ajouta-t-il d'une voix entrecoupée, je m'en lave les mains ... voilà qui est dit ... vos laquais vous resteront ... mais quand tous les malheurs que je vous prédis seront arrivés ... vous viendrez à moi ... vous pleurerez ... vous conviendrez que j'avois raison, & moi je vous dirai : tant mieux ! tant mieux ! tant mieux ! car vous l'avez voulu.

Il partit & fit bien ; j'aurois été fâché de rire aux éclats devant lui.

Plaît-il, M. mon imprimeur, que me dites-vous ? — Je vous demande, M. le chevalier, pourquoi vous avez exigé que dans cette derniere scene, on mît en caracteres italiques cent cinquante trois mots. — Pourquoi, monsieur, le voici : au printemps de l'année derniere 1787, c'est-à-dire, sept à huit grands mois avant que je reprisse la plume pour raconter au public fort indulgent, la suite de mes aventures, parut contre les philosophes un épais volume dans lequel je fus très-surpris de trouver imprimée en toutes lettres la meilleure portion de la terrible diatribe, dont à la fin de 1784, l'impitoyable M. de Lignolle assassinoit devant moi Jean-Jacques & la philosophie. — Comment cela se peut-il, M. le chevalier? vous aviez donc conté... — L'anecdote peut-être; & les amis d'un bavard, étant bavards aussi, elle aura couru le monde. L'auteur du gros volume aura retenu les plus mordantes épigrammes, & s'en sera servi pour sa gloire. — Il falloit réclamer. — La propriété de quelques phrases! — Cela se fait tous les jours. Ne lisez-vous pas le journal de Paris? Une chansonnette, un impromptu, le petit plan d'une piece bonne ou mauvaise, tout cela se revendique. Oh! nos beaux esprits, quoique très-riches, ne souffrent pas qu'on les dépouille. — Je le sais bien, mais j'ai cru que le parti de la tolérance étoit le plus sage. Comme il ne faut jamais se permettre d'altérer la vérité, je me sers aujourd'hui des mêmes expressions dont M. de Lignolle usoit en 1784, & je les habille de vos caracteres italiques, M. mon imprimeur, pour qu'en aucun cas on ne puisse m'accuser de plagiat.

Lecteur toujours bénévole, excuserez-vous encore cette digression? Elle étoit vraiment indispensable, & je tâcherai de n'en plus faire. Rendez-moi toute votre indulgence, je retourne à Mad. de Lignolle.

Tandis que son mari nous montroit dans l'avenir des malheurs imaginaires, un malheur réel venoit de nous arriver, le chocolat s'étoit refroidi. Ne riez pas, Mad. la duchesse douairiere, plaignez-moi plutôt : la veille, pour la premiere fois de ma vie peut-être, je m'étois allé coucher sans souper ; & M. votre petit-fils qui sait par expérience ce que c'est qu'un appétit de dix-sept ans, vous dira que le trop court repas interrompu dans la soirée précédente chez la baronne, ne doit m'être compté que pour un très-méchant dîner. O Mad. la duchesse, ne riez pas.

La comtesse parloit de renvoyer le déjeûner à l'office ; tremblant qu'il n'en revînt pas, je le reversai proprement dans la chocolatiere que je fis mettre auprès du feu, dans le boudoir même. A la bonne heure, dit Mad. de Lignolle, & faisons une lettre en attendant qu'il soit réchauffé.

Cette lettre étoit pour une chere tante qui avoit élevé son enfance. Nous fîmes à peu près trente lignes de compliments respectueux, à quoi nous ajoutâmes vingt lignes de souvenirs tendres, & encore vingt-sept lignes de confidences enfantines ; je crus que cela ne finiroit pas. Désolé de voir qu'il falloit entamer la quatrieme page de l'interminable épître, je me permis d'observer à Mad. la comtesse que le chocolat devoit être chaud. Je le crois, répondit-elle ; mais finissons cela d'abord.

Il est bon de vous faire remarquer, M. le

petit-fils de la douairiere, tout ce qui augmentoit l'embarras de ma situation vraiment douloureuse. Une malheureuse femme de chambre que je ne pouvois me résoudre à regarder en face une seconde fois, tant elle étoit laide, rodoit sans cesse autour de la cheminée. Il y avoit, dans la constitution générale de cet individu, je ne sais quoi de *philosophique* qui me faisoit trembler pour le déjeûner; un secret pressentiment aussi m'avertissoit de sa mal-adresse, & ses mouvements continuels me donnoient de continuelles distractions.

Mad. de Lignolle dont la lettre n'avançoit pas, s'étant apperçue plusieurs fois de mes inquiétudes mal déguisées, finit par me demander avec humeur si quelque chose ne me chagrinoit pas. Au moment où l'impatiente maîtresse me faisoit cette question, la fatale chambriere, en farfouillant dans l'âtre, couchoit la chocolatiere sur la cendre. Je vis le désastre, la plume échappa de mes mains, mes mains & mes yeux se porterent vers le ciel, ma tête fut jetée en arriere par un mouvement presque convulsif, peu s'en fallut que je ne tombasse à la renverse. Ah! madame, m'écriai-je, le chocolat! le chocolat! & la comtesse, si vive alors qu'il ne falloit pas l'être, trop douce maintenant qu'elle eût dû se fâcher, la comtesse ne jeta qu'un coup-d'œil du côté de la cheminée, ramena sur moi son regard serein, & parodiant un héros (1) dans son imperturbable tranquillité, avec un sang froid de glace elle m'adressa cette réponse à jamais mémorable : Hé bien, mademoiselle, qu'a de commun le chocolat avec la lettre que je vous dicte ?

Emporté par mon désespoir, je répondis impétueusement : ma foi, madame, vous en parlez fort à votre aise ; hier vous avez soupé. Cette vivacité sympathique ne me déplaît pas trop, répliqua-t-elle ; puis s'adressant à l'indigne servante, elle ajouta : dites à l'office qu'on en fasse d'autre & qu'on nous l'apporte. Cet ordre généreux porta jusqu'au fond de mon ame le baume de la consolation. Je sentis mes forces renaître, mes idées revenir, mon style se ranimer ; & Mad. de Lignolle m'aidant, je finis par dire une infinité de jolies choses à la chere tante.

La lettre est achevée, je ferme le secrétaire, je vois le déjeûner revenir. On apporte une petite table, deux tasses sont placées l'une vis-à-vis de l'autre, le liquide restaurateur est versé, la comtesse vient de s'asseoir, je vais prendre ma place vis-à-vis d'elle, je touche au moment heureux !.. mais, ô ! revers plus insupporta-

---

(1) Tout le monde connoît ce mot de Charles XII à l'un de ses secretaires : hé bien, qu'a de commun la bombe, avec la lettre que je vous dicte !

ble que le premier ! un malencontreux laquais apporte une lettre, la comtesse apperçoit le timbre. Besançon, dit-elle. Elle pousse un cri de joie, se leve impétueusement & frappant de ses deux cuisses à la fois la table trop légere, elle me l'envoie sur les deux jambes. Ecoutez le cri que je pousse, & ne croyez pas que ce soit la douleur de ma légere blessure qui me l'arrache ! contemplez ma consternation profonde, & ne croyez pas que je regrette ni le petit meuble démantibulé, ni les porcelaines brisées, ni la chocolatiere bossuée, ni mon plus beau jupon gâté. Non, je ne vois que le chocolat coulant à grands flots sur le parquet. Pendant que je reste immobile, la comtesse, le corps à demi-courbé, les yeux fixés sur le papier chéri, les mains tremblantes, la parole entrecoupée, lit :

« Tu conçois, chere petite niece, que » j'ai eu tant de plaisir à élever, combien » j'ai souffert de ne pouvoir venir à ton » mariage ; mais enfin le parlement de » Besançon m'a jugée, j'ai gagné mon » procès, je pars, j'arrive aussi-tôt que » ma lettre, j'arrive le 15. »

Le 15 ! c'est aujourd'hui, s'écrie la comtesse, & tout en baisant le papier précurseur elle continue : ô bonne nouvelle ! ô ma chere tante ! je vais vous voir & j'en suis charmée ! A l'instant j'apperçois sous un fauteuil un débris précieux, je m'élance, je le saisis, je le baise & je lui dis : ô bon petit pain ! ô secourable reste, désormais mon unique espoir, je te tiens & j'en suis ravi ! cependant je vais m'asseoir dans un petit coin où je dévore tristement mon insuffisante proie, tandis que madame de Lignolle tour-à-tour relisant & rebaisant sa lettre, fait dans son boudoir mainte & mainte gambades.

Enfin elle sonne un laquais : Saint-Jean, dites au Suisse que je suis aujourd'hui chez moi pour madame la marquise d'Armincour seulement. Puis elle se retourne vers moi : mademoiselle de Brumont, je vous ai dérangée de bien bonne heure ; mais vous pouvez maintenant disposer du reste de la matinée. Je fis à la comtesse une profonde révérence qui me fut poliment rendue, & j'allai m'enfermer dans mon petit appartement. Le lecteur sait à peu près tout ce que je pus dire à ma chere Adélaïde à qui j'écrivis.

Comme je cachetois la lettre fraternelle, arriva chez moi la laide femme de chambre qui venoit me coëffer par ordre de sa maîtresse. Ah ! maudit visage bourgeonné, tu ne vaux pas le déjeûner que tu me coûtes, & dont tu as la couleur ! vous concevez qu'étant naturellement poli, je ne fis pas cette réflexion tout haut. Si vous me connoissez, vous devinez aussi que docile & prudent au même degré, je livrai ma tête & fermai les yeux. Il faut pourtant rendre justice à la pauvre Jeannette : disgraciée de la nature, elle avoit eu recours à l'art ; je lui trouvai la main assez légere & le coup de peigne moëlleux ; mais combien les talents acquis valent moins que les dons naturels ! combien dans ce moment je regrettai ma petite Justine !

Jeannette, quand elle eut fini ma coëffure, ne m'offrit pas ses services, & je ne fis aucune tentative pour la retenir. Voyez cependant ; si c'eût été Justine ! Justine seroit restée sans attendre que je l'en priasse : d'abord elle auroit peut-être un peu retardé ma toilette ; mais avec quelle promptitude ensuite nous aurions regagné le temps perdu ! Avec quelle intelligence, l'adroite friponne eût présidé à l'arrangement difficile des cinq cents babioles qui composent un accoutrement féminin presque complet. Il fallut me charger seul du pénible soin de m'habiller en femme de la tête aux pieds, trop heureux encore d'en être venu à bout, après y avoir mis plus de temps & de réflexion qu'une petite fille bien paresseuse que l'on force, dans une matinée d'hiver, à s'endimancher, pour aller avec sa bonne maman à l'office paroissial.

Cependant trois heures alloient sonner, la marquise étoit arrivée. M. de Lignolle apparemment toujours fâché, nous avoit fait dire qu'il dîneroit en ville; un domestique annonça que nous étions servis. A table, la jeune comtesse m'accabla d'attentions, & la vieille tante me prodigua les compliments. Leurs questions quelquefois embarrassantes, mes réponses souvent équivoques, leur crédulité, ma confiance, les louanges dont je payois leurs éloges, tout cela peut-être mériteroit d'être raconté; mais je ne puis, ma belle dame, me montrer aussi scrupuleux narrateur que vous me paroissez lectrice exigeante, & nous allons, si vous le voulez bien, marcher au dénouement.

O muse de l'histoire, étonnante pucelle qu'ils ont si souvent violée, déesse éloquente & véridique qu'ils font mentir avec si peu d'adresse, fille respectable & sage, par laquelle ils nous transmettent tant d'impertinentes folies, Auguste Clio, c'est vous que j'invoque. Puisque vous savez tout, je n'ai pas besoin de vous dire que de toutes les aventures qui ont amusé mon ardente jeunesse, celle que je vais à présent raconter n'est pas la moins folle; aussi le galant récit que j'en dois faire me cause-t il une véritable inquiétude. Où trouver la gaze en même temps légere & décente, à travers laquelle il faut que la vérité se laisse entrevoir presque nue? Je blesse l'oreille la moins délicate, si je dis le mot propre;

& si j'adoucis l'expression, je la dénature. Comment donc satisfaire la vive curiosité de la belle dame que voilà, sans outrager sa timide pudeur? O chaste déesse, jetez un regard de pitié sur le plus embarrassé de vos serviteurs, pour le secourir descendez du ciel, entrez dans sa chambre, & conduisez la plume qu'il vient de tailler.

Fort bien, mon enfant, dit madame d'Armincour à madame de Lignolle; mais à présent que nous sommes libres, parlons des choses essentielles. Es-tu contente de ton mari? Mais, oui, madame la marquise, répondit-elle. — Qu'appelles-tu, madame la marquise! crois-tu que je te saluerai d'un madame la comtesse? Bon, quand il y a du monde, mais entre nous! va tu es l'enfant que j'ai élevé, mon enfant chéri; dis, ma tante, & je dirai, ma niece. Réponds-moi, comptes-tu bientôt me donner un petit neveu? — Je ne sais pas, ma tante. — C'est-à-dire, tu n'en es pas sûre? — Je ne sais pas, ma tante. — Tu n'apperçois donc pas dans ta santé ces changements?.... Heim? — Plaît-il, ma tante? — Tu n'as pas eu quelques absences? — Des absences! est-ce que j'étois sujette à avoir des absences? — Non, pas quand tu étois fille. Mais depuis que tu es femme? — Hé bien, les femmes deviennent-elles folles? — Folles! il est bien queſtion de folie ! cela ne porte pas au cerveau, dans ce cas-là, ma niece. — Que me demandez-vous donc, ma tante ? — Je demande... je demande... pourquoi donc affecter ? ... Mademoiſelle de Brumont ne doit pas te gêner. Elle eſt ton aînée ; une fille de vingt ans, quoiqu'elle ſoit ſage, n'ignore plus certaines choſes. — Je ne vous comprends pas, ma tante. — Ma niece trouvez-vous mes queſtions indiſcretes ? — Non, ſurement. Parlez, ma tante, parlez. — Ecoute, mon enfant, ſi je m'en mêle, c'eſt par intérêt pour toi. D'abord, ſi l'on m'avoit crue, tu n'aurois pas épouſé M. de Lignolle. Je le trouvois trop vieux. Un homme de cinquante ans.... je ſais bien qu'à cet âge-là M d'Armincour étoit un pauvre ſire... mais enfin on prétend qu'il y en a... dis-moi : le comte remplit-il ſon devoir ? — Oh ! M. de Lignolle fait tout ce que je veux. — Tout ce que tu veux !... & tous les jours ! — Tous les jours. — Je t'en félicite, ma niece, tu es fort heureuſe... Ah ça ! mais pourtant ma petite, il faut prendre garde... — A quoi, ma tante ? — Il faut ménager ton mari. — Comment ! — Comment ! ma niece. Il ne faut pas vouloir trop ſouvent .. — Vouloir quoi, ma tante ? — Ce dont il eſt queſtion, ma niece. — Mais il me ſemble qu'il n'eſt queſtion de rien, ma tante. — De rien ! tu appelles cela rien, toi ! tu ne sais donc pas qu'à l'âge de M. de Lignolle aller ce train-là, c'est s'épuiser. — S'épuiser! — Sans doute. Il y a des fatigues que les femmes supportent, mais auxquelles les hommes ne résistent pas. — Des fatigues? — Assurément, & puis vos âges sont très-différents, ma niece. — Mais que fait l'âge?... — Cela fait tout, ma petite, & ne vas pas tuer ton mari. — Tuer mon mari! — Oui, le tuer, mon enfant. Il n'est pas rare de voir des hommes en mourir. — Mourir de quoi, ma tante? De cela, ma niece — De cela! de faire les volontés de leurs femmes. — Oui, ma niece, quand les volontés de leurs femmes sont infinies. — Hé bien, M. de Lignolle ne s'en porte pas plus mal. — Tant mieux, ma niece, mais je vous le répete, prenez-y garde, parce que cela ne dureroit pas. — Je voudrois bien voir!... Vous riez, ma tante? — Oui, je ris, avec ton *je voudrois bien voir!* Que ferois-tu, je t'en prie? — Ce que je ferois! je lui dirois que je le veux. — Ah! voilà du nouveau! — Vous croyez que je n'oserois pas! Cela m'est arrivé déja plus d'une fois. — Et cela t'a réussi? — Certainement. Quand M. de Lignolle hésite, je me fâche. — Ha, ha! — Quand il refuse, je commande. — Et il obéit? — Il murmure; mais il s'en va. — Mais! s'il s'en va, il ne fait donc pas ce que tu veux? — Pardonnez-moi, ma tante. — Il revient donc? — Il revient, ou il ne revient pas, que m'importe? — Comment! ... — Pourvu qu'il obéiſſe... — Mais.. — Et que je ſois la maîtreſſe.... — Mais... — De faire tout ce qui me plaît... — Ah ça, ma niece, il y a donc une demi-heure que nous nous parlons ſans nous entendre? Savez-vous bien que cela m'impatiente? — Comment, ma tante? — Eh oui, ma niece, je vous dis blanc, vous répondez noir; il ſemble que je vous parle hébreu. — Ce n'eſt pas ma faute — Eſt-ce la mienne? Je vous fais la queſtion la plus ſimple, & vous paroiſſez ne pas comprendre! Quand je parle des devoirs de M. de Lignolle, j'entends ſes devoirs de mari. — Fort bien, ma tante. — Et quand vous me répondez qu'il fait vos volontés, je crois que vous voulez dire, vos volontés de femme... — Juſtement, ma tante. — De femme mariée. — Sans doute, ma tante. — D'une femme jeune, vive, & qui aime le plaiſir. — Préciſément, ma tante. — Ainſi, vous m'entendiez? — Oui, ma tante — Et vous répondiez à ce que je vous demandois? — Oui, ma tante — Vous répondiez que M. de Lignolle rempliſſoit ſon devoir de mari? — Oui, ma tante. — Tous les jours? — Oui, ma tante. — Hé bien, ma niece, je trouve cela fort étonnant & fort heureux. Mais, mon enfant, je te le répete, il faut uſer de ta raiſon. Ton mari n'eſt pas jeune, & tu le tueras. — Voilà ce que je n'entends pas, ma tante. — Comment, vous n'entendez pas qu'un homme de cinquante ans, ne peut ſans expoſer ſa vie, ſatisfaire une très-jeune femme dont les appétits ſont immodérés. — Il ne s'agit pas d'appétits, ma tante. — Les deſirs, ſi vous voulez. — Et qui vous dit que mes deſirs ſont immodérés ? — Vous-même, ma niece, puiſque vous prétendez que vous devez être la maîtreſſe ſur ce point... — Hé bien, ma tante ? — Et que tous les jours vous forcez votre mari à faire une ſottiſe. — En vérité, ma tante, je vous trouve aujourd'hui d'une humeur ! — Ah ! voilà bien les jeunes femmes, quand on les contrarie ſur cet article. — Ma tante, voulez-vous ?... — Elles ne voient que cela de bon dans le monde !... Voulez-vous, ma tante ?... — Cela ſeul eſt pour elles le ſouverain bien ! — Voulez-vous me forcer à quitter la place ? — Je conviens que c'eſt une des grandes douceurs de la vie. — Oh ! que je m'impatiente ! — Oui, oui, ma niece, je n'ignore pas que vous êtes très-vive ; mais enfin, je ſuis votre mere, il faut m'écouter. — Oh ! mon Dieu ! — Non pas, non pas, reſtez & écoutez-moi : je veux que vous me promettiez de ne plus obliger M. de Lignolle à faire tous les jours ce que vous appellez votre volonté. — Eh !

pourquoi donc, ma tante, me laisserois-je gouverner un jour plutôt qu'un autre ? — Le beau raisonnement ! ma niece. — Pourquoi ne ferois-je point aujourd'hui ce que j'ai fait hier ? — Mais avec cette belle maniere de calculer, ma niece, il n'y auroit pas de raison pour que cela finît jamais. — C'est aussi comme je l'entends ; je prétends bien que cela ne finisse pas. — Que répond-elle donc ? — Ah ! vous direz tout ce que vous voudrez, ma tante, je ne souffrirai pas que mon mari me manque — Voyez l'écervelée ! — Ni qu'il me mene ! — Mais quel galimatias ! — Non, je ne l'empêche pas de se conduire à sa maniere... — Elle perd la tête ! — Mais qu'il me laisse de mon côté faire tout ce qui me plaira. — Comment ! de votre côté, cela ne se peut pas ! Ce n'est qu'avec son mari qu'une honnête femme... — Avec lui, quand cela me convient. Avec un autre, si cela m'arrange mieux. — Fi ! ma niece, quels principes ! — L'essentiel est qu'il ne me gêne en rien... — Ma niece, je ne vous comprends pas. — Et que je fasse en tout ma volonté. — Ma niece, vous voulez donc que je m'en aille ? — Ma tante, vous voulez donc que je quitte la place ? — Cela est insupportable ! — Cela est désespérant ! — Conduisez-vous par mes conseils, ma niece. — Parlez-moi raison, ma tante, je ne suis plus un enfant.

Toutes deux s'étoient levées, toutes deux se fâchoient. Cependant, aux questions très-claires de la tante, la niece avoit fait avec tant d'innocence & de vérité, des réponses si ingénues, si équivoques, si extraordinaires, que je commençai à soupçonner d'étranges choses. J'essayai de calmer Mad. d'Armincour en lui disant : il y a tout lieu de penser, madame, que madame la comtesse n'est pas infiniment heureuse dans le sens que vous l'entendez, & maintenant je gagerois qu'elle est aussi loin de mériter vos reproches, que de les comprendre. Vous croyez, répliqua-t-elle ? hé bien, questionnez-la, mademoiselle de Brumont, & voyons si vous en pourrez tirer quelque éclaircissement. Je m'adressai à la niece : madame la comtesse, promet-elle ? . . elle m'interrompit vivement : très-volontiers, mademoiselle.

M. de Lignolle couche-t-il dans l'appartement de madame la comtesse ? — Non. — Jamais ? — Jamais. — Y entre-t-il la nuit ? — Jamais. — Y vient-il le matin ? — Oui, quand je suis levée. — S'enferme-t-il dans la journée avec madame la comtesse ? — Non. — Le soir, reste-t-il un peu tard chez madame la comtesse ? — Après le souper, cinq minutes tout au plus. — Ces cinq minutes à quoi les emploie-t-il ? — A me dire bon soir. — Comment dit-il bon soir à madame la comtesse ? — En m'embraſſant. — Comment embraſſe-t-il madame la comteſſe ? — Comme on embraſſe ! il me donne quelques baiſers. — Où cela, madame la comteſſe ? — Dame ! où cela ſe donne ! — Mais encore ! — Sur le front, ſur les yeux, ſur le menton — Voilà tout? — Voilà tout — Abſolument ? — Abſolument. Que voulez-vous de plus ? — Hé bien, madame la marquiſe, qu'en penſez-vous ?

Je penſe, répondit-elle, que cela ſeroit bien incroyable & bien affreux ! . . . elle courut promptement à Mad. de Lignolle : dis-moi, ma niece, es-tu femme ou fille ? — Femme, puiſque je ſuis mariée. — Es-tu mariée ? — Certainement, puiſque M. de Lignolle m'a épouſée. — Etes-vous ſûre, ma niece, qu'il vous ait épouſée ? — Je vous le demande, ma tante. — Où t'a-t-il épouſée? — A l'égliſe. — Et pas ailleurs ? — Eſt-ce qu'on épouſe ailleurs, ma tante ? — Dis-moi, ma petite, le jour de tes noces. . . . Va, je ſuis bien fâchée de n'avoir pas pu me trouver à Paris le jour de tes noces . . . je me défiois de ce M. de Lignolle & de ſes cinquante ans.... il m'avoit bien l'air de n'avoir pas le ſens commun . . . j'avois très-expreſſément recommandé qu'on te donnât du moins quelques inſtructions préliminaires . . . dis-moi, ma chere enfant, la nuit de tes noces que t'eſt-il arrivé ? — Rien, ma tante. —

Rien !

Rien ! mademoiſelle de Brumont, la nuit de ſes noces il ne lui eſt rien arrivé. Ah ! pauvre petite, ajouta la bonne tante en pleurant, pauvre petite, que je te plains ! mais réponds-moi ... la nuit de tes noces, ne s'eſt-il pas mis au lit près de toi, ton mari ? — Oui, ma tante. — Hé bien, après ? — Après, ma tante, il m'a ſouhaité une bonne nuit, & il s'eſt en allé. — Et il s'eſt en allé ! il s'eſt en allé ! répétoit la marquiſe qui fondoit en larmes, il s'eſt en allé ! ah ! ma charmante petite niece, ta jolie figure ne méritoit pas cela. — Bon Dieu, ma tante, vous m'inquiétez ! — Pauvre enfant, la voilà vierge encore, après deux mois de mariage ! quel ſort, quel ſort cruel ! — En vérité, ma tante, vous me faites peur ! expliquez-vous. — Mon enfant... je ne puis... je ne puis... ma douleur me ſuffoque... vous, mademoiſelle de Brumont, qui vous exprimez avec tant de facilité, dites-lui ... ce que c'eſt... expliquez-lui comment ... vous n'êtes pas ignorante comme elle ſans doute ? — Vous devez ſavoir ... — A peu près, madame la marquiſe. J'en ai entendu parler, & puis j'ai lu de bons livres. — En ce cas, faites-moi le plaiſir de la mettre au fait. — Madame la comteſſe permet-elle ? Elle me répondit que je lui rendrois ſervice.

. . . .

. . . .

Hé bien, fille d'Apollon, trop sage Clio, pourquoi donc m'empêcher d'écrire? Pourquoi donc des points, quand il faut des mots? En vérité, je vous admire! le bel expédient que voilà! — Peut-être sans moi, ne vous en seriez-vous pas avisé cette fois-ci, jeune homme. Vous avez si peu d'expérience & vous entendez si mal vos intérêts. Ne voyez-vous pas qu'après avoir tracé le cadre, vous pouvez prier chacun de vos lecteurs de le remplir. Plusieurs d'entr'eux s'en acquitteront sans peine aussi bien que vous tout au moins. Beaucoup d'autres qui feront plus mal, croiront que vous n'auriez pas mieux fait. A le bien prendre, votre ouvrage n'en sera guere meilleur, ni plus mauvais, & vous aurez toujours économisé sur le marché, du temps, de la peine & du papier. — Grand merci, madame la déesse, vous ne raisonnez pas comme mon libraire.

Quoi! reprit madame de Lignolle émerveillée de ce qu'elle venoit d'entendre, quoi! vous ne plaisantez point. — Je ne prendrois pas cette liberté avec madame la comtesse. — Quoi! ma tante, tout ce que Mlle de Brumont vient de dire, est vrai? — Très-vrai, ma niece, & cette aimable fille t'a expliqué tout cela, comme si elle n'avoit fait autre chose de sa vie. — Ainsi depuis deux mois, M. le comte auroit dû m'épouser de cette maniere, ma tante ? — Oui, ma pauvre enfant, depuis deux mois, M. le comte t'insulte. — Il m'insulte ? — Oui, tu ne sens pas cela ? — Ma tante, je vois seulement qu'il a perdu beaucoup de temps. — Il t'insulte, ma niece. Négliger tes charmes, c'est leur faire outrage, c'est dire qu'ils ne méritent pas d'être subjugués. Te laisser vierge, c'est te faire sentir de la façon la plus cruelle, que ta fleur ne vaut pas la peine qu'on se donneroit à la cueillir. — Ha, ha ! — Te laisser vierge ! ma pauvre petite, de toutes les humiliations auxquelles une malheureuse femme puisse être exposée, tu éprouves aujourd'hui la plus grande. — Il n'est pas possible ! — Trop possible, ma chere enfant, trop possible. Te laisser vierge, c'est te déclarer qu'il te trouve bête, maussade, dégoûtante. — Grand Dieu !.. ma tante, vous n'exagérez pas ? — Demande, ma petite, demande à mademoiselle de Brumont.

Aussi-tôt je pris la parole & m'adressant à la jeune femme outragée : assurément, par cet abandon que je ne conçois pas, M. le comte signifie très-positivement à madame la comtesse, qu'elle est laide.... — Laide ! il en a menti. Je ne cache pas mon visage, ainsi... — Qu'elle n'est pas bien faite... — Il en a menti. Voyez ma taille, est-elle mal prise ? — Qu'elle a le bras carré... — Il en a menti. Attendez que j'ôte mon gant. — Un grand vilain pied ... — Il en a menti. Me voici déchaussée ... — La jambe grosse ... — Il en a menti. Voyez. — La gorge platte .. — Il en a menti. Regardez. — La peau rude.... — Il en a menti Tâtez. — Le genou cagneux ... — Il en a menti. Jugez vous-même.

J'aimois la maniere franche & décisive dont la comtesse repoussoit les imputations calomnieuses de son mari, que je me plaisois à faire parler. Curieux d'essayer jusqu'où le juste desir d'une justification très-facile emporteroit cette femme si vive, j'ajoutai : c'est lui dire enfin qu'elle a quelque difformité secrete. Un geste expressif que me fit madame de Lignolle, un geste aussi prompt que sa pensée, m'annonça qu'elle alloit encore donner la preuve justificative en même temps que le démenti formel. Madame d'Armincour aussi, devina très-aisément le dessein de la comtesse, & malheureusement pour moi qui le trouvois louable, elle accourut assez tôt pour en empêcher l'entiere exécution. Va, ma chere amie, ce n'est pas la peine, dit elle à sa niece, moi qui depuis ton enfance ne t'ai pas perdue de vue, je sais qu'il n'en est rien, & mademoiselle de Brumont s'en rapporte à toi. Au reste il ne faut pas non plus te fâcher si fort ... — Ne pas me fâcher ! — Ton mari ... — Est un impudent menteur ... — N'eſt peut-être pas ſi coupable ... — Un inſolent ... — Que nous l'imaginions d'abord. — Un lâche ! — Il ſe peut qu'une longue indiſpoſition ... — Ma tante, il n'y a pas d'indiſpoſition de deux mois. — Ou quelque chagrin domeſtique ! .. — Point de chagrin pour un homme trop heureux de m'épouſer ! — Ou quelque grand malheur ! .. — Oui ! le progrès de la philoſophie ! — Ou quelque travail important ... — Des charades ! tenez, ma tante, ne le défendez pas, car vous m'aigriſſez d'avantage. Je conçois maintenant toute l'indignité de ſa conduite, & dès qu'il rentrera.... Ah ! dès qu'il rentrera, laiſſez-moi faire ... il s'expliquera, il me rendra compte de ſes motifs, il me fera raiſon de l'outrage.... il m'épouſera ſur l'heure, ou nous verrons !

Cependant le jour commençoit à tomber. Ce ne fut pas ſans peine que j'obtins de la comteſſe un moment de liberté. J'allai m'enfermer dans ma chambre, où je n'attendis pas long-temps M. de Valbrun. Le vicomte m'apprit qu'un homme ſûr, chargé d'aller à l'hôtel de B*** remettre à Mad. la marquiſe elle-même la lettre de Juſtine, avoit rapporté cette réponſe : Celle qui vous envoie me fait grand plaiſir. Je n'étois pas tranquille ſur le ſort de la perſonne dont elle me donne des nouvelles. Dites qu'elle peut continuer de m'inſtruire de la ſituation des affaires de cette perſonne, à laquelle je m'intéreſſe véritablement. Vous pouvez ajouter que M. de B***, qui d'abord m'avoit aſſez mal reçue, vient de reconnoître ſes torts, & d'en obtenir le pardon. Ce n'eſt pas un ſecret, elle eſt bien la maîtreſſe de le dire à quiconque peut m'en féliciter.

M. de Valbrun ajouta : Mad. de Fonroſe eſt allée maintenant au couvent de Mad. de Faublas. Demain matin, avant huit heures, je vous dirai ce que nous avons fait. Après avoir remercié le vicomte, comme je le devois, je lui remis mes deux lettres ; je le priai d'envoyer l'une au couvent d'Adelaïde, & de faire mettre l'autre à la grande poſte. Il voulut bien, en me quittant, m'aſſurer qu'il alloit tout-à-l'heure faire lui-même les deux commiſſions. Fatale lettre à M. de Belcour, n'aurois-je pas dû prévoir tous les chagrins que tu pouvois me cauſer ?

Maintenant je me demande pourquoi Mlle. de Brumont, ſans avoir en tête d'autre projet déterminé que celui de ſe rapprocher de Sophie, ſentit pourtant, en rentrant dans l'appartement de la jeune comteſſe, quelque déplaiſir d'y retrouver la vieille marquiſe ? C'eſt qu'apparemment, comme tant d'autres appellé par l'amour à réparer les inexcuſables torts dont l'hymen ſe rend jourrellement coupable envers la beauté, le chevalier de Faublas, entraîné malgré lui, ne faiſoit qu'obéir à l'impulſion de ſon génie. Je me demande auſſi pourquoi la niece ne recevant plus qu'avec diſtraction les inſtructions de la tante, & de temps en temps attachant ſur moi des regards dont tous mes ſens étoient émus, ne montroit pas un vif empreſſement à retenir chez elle, le reſte de la ſoirée, Mad. d'Armincour, d'ailleurs ſi chérie? C'eſt qu'ils exiſtent en effet, ces atomes inhumainement rejetés par nos philoſophes modernes, ces atomes ſympathiques, qui tout d'un coup partis du corps brûlant d'un adoleſcent vif, & dans la même ſeconde émanés des nubiles attraits d'une jeune fille, ſe cherchent, ſe mêlent & s'accrochent pour ne faire bientôt, des deux individus doucement attirés, qu'un ſeul & même individu. C'eſt qu'il agiſſoit deja ſur la gentille brune, le charme dont étoit poſſédé le joli garçon! C'eſt que déja guidée par les puiſſants rayons de la bienfaiſante lumiere que j'avois fait luire à ſes yeux, & plus encore par cet inſtinct naturel à tout le beau ſexe, dont le tact, en certaines matieres ſur-tout, & dans certains cas, eſt à la fois délicat, prompt & ſûr; Mad. de Lignolle ſe ſentoit intérieurement avertie de la nullité d'un homme qui, depuis deux mois, lui manquoit nuit & jour, & que machinalement elle preſſentoit en moi celui qui pouvoit pleinement punir l'offenſe, & dédommager l'offenſée. Je me demande encore pourquoi Mad. d'Armincour, quoique favoriſée de ſon antique expérience, ne parut pas s'appercevoir qu'elle étoit de trop, & s'obſtina, malgré les fréquentes diſtractions de ſa niece, à lui tenir fidelle compagnie juſqu'au retour de M. de Lignolle ? C'eſt que les vieilles gens furent, de toute éternité, ſpécialement deſtinés à gêner l'aimable jeuneſſe, peut-être afin que ſes deſirs contrariés devinſſent plus ardents, & que les plaiſirs obtenus malgré les obſtacles, euſſent pour elle un charme de plus. Au reſte je ne vous conſeille pas, M. le petit-fils de la douairiere, de donner une confiance aveugle à mes propoſitions qui ne ſont peut-être pas trop vraies. Plus d'une fois j'ai cru m'appercevoir que, dès qu'une femme entroit pour quelque choſe dans mes raiſonnements, elle brouilloit toutes mes idées. De-là vient que ſouvent, quand je voudrois moraliſer, je plaiſante ; de-là vient que ſouvent je déraiſonne, au lieu de philoſopher.

Quoi qu'il en ſoit, Mad. d'Armincour nous honora de ſa préſence à ſouper. Elle me parla beaucoup de la province où elle avoit élevé ſa niece, de ſon bon château qu'il ne falloit réparer qu'une fois par an, de ſes beaux biens que ſon concierge faiſoit valoir, de ce concierge qu'elle nous donna pour le premier homme du monde, & qui, soit dit sans offenser personne, me parut être celui de ses gens qu'elle connoissoit le mieux. Je crois qu'il eût été question du bon *André* jusqu'au lendemain matin ; mais à minuit passé la voiture du comte se fit entendre. Il vient de m'arriver l'aventure du monde la plus désagréable, cria M. de Lignolle en entrant ; vous savez bien ma belle charade ? . . Monsieur, interrompit la comtesse, voici Mad. la marquise d'Armincour, ma tante. Le comte un peu surpris, commença pour la marquise un long compliment qu'elle n'écouta pas jusqu'au bout. Bon soir, dit-elle brusquement à sa niece, bon soir, ma chere Eléonore. (1) Demain je reviendrai de bonne heure, demain j'espere qu'enfin je souhaiterai le bon jour à Mad. la comtesse de Lignolle. Adieu, monsieur, dit-elle séchement à M. de Lignolle. Elle lui fit, en sortant, une de ces révérences froides que les femmes réservent pour certains hommes qu'elles n'estiment point. Vous savez bien ma belle charade ? reprit le comte dès qu'elle fut partie. — Mlle. de Brumont, interrompit la comtesse, faites-moi le plaisir de vous retirer chez vous.

J'obéis sans répondre, mais je restai collé

(1) C'étoit le nom de fille de la comtesse.

derriere ma porte, & prêtant l'oreille avec la plus grande attention.

Vous savez bien ma belle charade ? reprit encore M. de Lignolle. Madame l'interrompit de nouveau : il ne s'agit pas de de cela, monsieur, on ne se marie pas pour faire des charades, mais pour faire des enfants. — Comment, madame... — Comment ! monsieur, étoit-ce à moi de vous l'apprendre, comment ? Si ma tante & Mlle. de Brumont ne m'avoient pas instruite, je serois donc restée fille ! — Madame, vous ne m'entendez pas. Je savois tout comme un autre quel devoir... — Vous le saviez, monsieur ! Si vous le saviez, pourquoi ne le faisiez-vous pas ? Il est donc vrai que vous me trouviez laide ? il est donc vrai que depuis deux mois je suis l'objet de vos mépris ? . . . . . Où allez-vous monsieur ?

J'entendis madame de Lignolle courir à la porte & la fermer.

Vous ne sortirez pas d'ici, monsieur, que vous n'ayez réparé vos outrages. —— Mes outrages ! —— Oui, vos outrages. Je sais tout, monsieur, en ne m'épousant pas vous m'avez insultée ; mais vous m'épouserez ! vous m'épouserez tout-à-l'heure... Si tout ce qu'on m'a dit est vrai, ce n'est pas un grand mal pour vous, j'espere. Au reste, c'est votre devoir, qu'il vous soit agréable ou non, remplissez-le. Je le veux

& je vous l'ordonne. — Mais, madame... — Point de mais, monſieur, je vous trouve encore bien impertinent. Croyez-vous que je ne vous vaille pas?... On vous donnera une femme jeune & jolie pour lui faire des charades!... Vous me ferez un enfant, monſieur... Vous m'en ferez un!... Vous me le ferez! vous me le ferez tout-à-l'heure!... tout-à-l'heure!... ici!... là. A cette place là.

La comteſſe venoit de le prendre pas la main, & de le conduire derriere ſes rideaux. A travers le trou de ma ſerrure, je voyois ſur le parquet, dans un petit eſpace que laiſſoit découvert le *Lampaſſe* devenu trop court, vedeva quattro piedi groppati. La loro poſitura, che non era piu dubia, mi dava ben' à conoſcere che'l Lignolo ottenava, od era s' ul punto d'ottener' il pardonno delle ſue colpe.

Quel perſonnage je fais-là, cependant! que le rôle d'obſervateur eſt, en ce cas, humiliant & pénible! ah! tante bavarde autant que maudite, pourquoi n'avez-vous pas voulu vous en aller plutôt? Hé bien, chevalier, qu'eſt-ce donc que tu te dis à toi-même? Quoi! tu déſeſperes de ta fortune, va mon ami, raſſure-toi, ton génie protecteur ne t'abandonne pas. Va, Faublas n'eſt pas fait pour remplir, dans une aventure bizarre & galante, un emploi ſubalterne. Ecoute ce que dit la comteſſe & fais un ſaut de joie.

Pardon, monsieur, peut-être que j'ai tort, peut-être qu'en effet ma tante & mademoiselle de Brumont ne m'ont voulu faire qu'une mauvaise plaisanterie. Je comptois vous inviter à passer chez moi la nuit entiere; mais vous prendriez, je le vois, bien des peines inutiles; je crois que c'est vous rendre service que de vous engager à vous retirer dans votre appartement. — Madame, je vous demande le secret, j'espere qu'une autre fois je serai plus heureux. — Une autre fois, reste à savoir si je voudrai... — Madame, dans tous les cas, je compte sur votre discrétion. — Monsieur, je ne promets rien. — Madame... — Monsieur, je vous prie de me laisser libre.

Elle venoit d'ouvrir la porte qu'elle referma dès qu'il fut dehors. Aussi-tôt je sortis de ma chambre & volai dans la sienne: Ah Madame que je suis aise!... Pourquoi donc cette folle joie? interrompit-elle. — Madame, vous ne pouvez concevoir... Mademoiselle, interrompit-elle encore du ton le plus sérieux, si vous pouviez vous faire une juste idée de ce que c'est que M. de Lignolle, vous sauriez qu'entre lui & moi tout-à-l'heure, il n'a pu rien se passer dont on doive se réjouir & me féliciter. — Rien dont je doive me réjouir, madame, & que diriez-vous, si je vous avouois que c'est votre peine qui fait ma joie ? — Ce que je dirois, mademoiselle ? .. — Que diriez-vous, si je vous apprenois que le sort toujours juste a conduit chez vous un vengeur ? — Un vengeur. — Si je vous déclarois que vous voyez à vos pieds un jeune homme... — Un jeune homme ? — Qui vous aime... — Qui m'aime ? — Un jeune homme plein de tendresse pour vous, & d'admiration pour vos charmes. — Vous êtes un jeune homme, & vous m'aimez ? — Ah ! ce n'est pas de l'amour, c'est... — Mademoiselle de Brumont, êtes-vous bien sûre d'être un jeune homme ? — Jolie comtesse, en vérité je ne puis avoir là-dessus aucune espece de doute. — Hé bien, venez, venez, vengez moi. Epousez-moi, épousez-moi tout de suite. Je le veux, je vous l'ordonne. — Ah ! vous n'avez pas besoin de me l'ordonner ! ah ! charmante Eléonore, je ne demande pas mieux.

Elle avoit raison d'être fâchée contre son mari. J'avois raison d'être content de M. de Lignolle : ce M. de Lignolle avoit si peu fait que tout me restoit à faire, mais dans les entreprises de la nature de celle-ci, les obstacles ne sont pas faits pour abattre un courage éprouvé ; le mien s'accrut par les difficultés, & bientôt quelques sourds gémissements à la fois douloureux & tendres annoncerent mon triomphe prochain, dont l'heureux inſtant fut marqué par un dernier cri. Triomphe vraiment délicieux, où le vainqueur dans l'ivreſſe du ſuccès, s'applaudit des tranſports du vaincu charmé de ſa défaite. Victoire la plus douce de toutes, à quiconque au ſein de ſon propre bonheur, ſait jouir encore du bonheur d'autrui.

Il faut rendre juſtice à la préſence d'eſprit de la comteſſe, auſſi-tôt que la parole lui fut revenue, elle me demanda qui j'étois. Préparé à cette queſtion toute ſimple, qu'une femme moins vive m'eût ſans doute adreſſée plutôt, je ne fis pas attendre la réponſe : charmante Eléonore, on m'appelle le chevalier de Flourvac. Mes parents injuſtes uniquement jaloux d'aſſurer une grande fortune à mon aîné barbare, m'ont voulu forcer à me faire *génoveſin*... Ils vouloient vous faire moine, s'écria-t-elle ? mais vous n'auriez jamais épouſé perſonne ! Oh ! que c'eût été dommage ! — Auſſi, ma jeune amie, quelque choſe me diſoit ſans ceſſe que je n'avois pas la moindre vocation pour ce métier-là. Aſſurément je ne devinois pas que le deſtin propice, me réſervoit l'avantage peu commun de conſommer un mariage qui ne ſeroit pas le mien ; mais je ſentois confuſément que j'étois né pour épouſer. Je me ſuis donc échappé du couvent, où l'on me tenoit renfermé. Mon ami, le vicomte de

Valbrun, indigné de la lâcheté de mon frere & de la cruauté de mes parents, m'a recueilli, m'a conseillé ce déguisement, m'a fait chercher un asyle plus sûr que sa maison, & chaque jour je rendrai grace au hasard favorable qui m'a conduit auprès d'une femme jeune, jolie & vierge. Le sort ne m'a pas favorisée moins que toi, mon cher Flourvac, répondit la comtesse en m'embrassant, tu me tiendras compagnie jusqu'à ce que tes parents soient morts. — Quel engagement vous prenez-là, ma chere Eléonore, mon pere est encore jeune... — Tant mieux, mon ami, nous demeurerons ensemble plus long-temps. Restez avec moi, jusqu'à ce que tous vos parents soient morts; restez Flourvac, je le veux.

Pendant que je faisois à Mad. de Lignolle l'indispensable mensonge que vous venez de lire, je l'aidois à dépouiller des vêtements incommodes dont je ne l'avois pas débarrassée d'abord, tant elle m'avoit paru pressée d'être vengée, tant j'avois jugé convenable la prompte exécution de ses ordres formels!

A présent, monsieur l'abbé, parlez-moi, parlez-moi sans déguisement, n'auriez-vous pas quelque envie de prendre ma place auprès de la comtesse, nel letto nuziale ove era giacio accanto di lei.

Je ne vous dirai pas tout-à-fait comment j'y passai les plus douces heures de ma vie ; mais je vous dirai bien à quels souvenirs enchanteurs j'y livrai, pour quelques instants, ma fugitive pensée. Près de l'aimable disciple que je formois, je me rappellai le maître plus aimable qui m'avoit formé. Là comme ici, aujourd'hui comme alors, des événements inattendus & peu communs préparant mon bonheur, m'avoient, presque sous les yeux d'un époux ridicule, pour ainsi dire jeté dans les bras de sa vive moitié ! je me trouvois, à la place de M. de Lignolle, enseignant à la jolie comtesse les premiers éléments de l'auguste science que j'avois apprise de la belle Mad. de B***, sous les auspices du marquis. Mais hélas ! des deux femmes rares que m'avoient données mon étoile singuliérement propice, l'une déja m'étoit ravie, l'autre bientôt se verroit abandonnée... quelle honte cependant ce seroit pour moi, si je quittois ma gentille éleve, sans avoir parfaitement achevé son éducation ! Quel maître plus favorisé du hasard, pût jamais s'applaudir d'une écoliere supérieure à Mad. de Lignolle ? Charmante enfant, sujet précieux, chez qui se trouvoient réunis les moyens séduisants & les dispositions heureuses ! que d'attraits elle m'offrit ! que de docilité je lui trouvai ! combien d'intelligence & de feu ! quelle adresse & que d'activité ! la même nuit, je vous le jure, vit commencer & finir son instruction complete ; & cette nuit sera toujours comptée dans le nombre de mes plus courtes nuits.

Le jour ne devoit pas tarder à paroître, quand tous deux enfin lassés nous nous endormîmes. Lorsque je me réveillai, ma montre marquoit midi : grand Dieu ! M. de Valbrun m'attend-il patiemment depuis huit heures du matin ? . . je quittai sans bruit la comtesse qui dormoit profondément ; & presque nud que j'étois, je courus à ma chambre, j'ouvris la petite porte de l'escalier, je ne vis personne : ô ma Sophie ! . . heureusement je vis dans ma serrure un petit papier qui débordoit. Le vicomte, avec un crayon rouge, avoit griffonné ces mots que j'eus beaucoup de peine à déchiffrer.

« Je frappe & vous ne répondez pas.
» Où êtes-vous, mademoiselle de Brumont,
» que faites-vous ? Je n'en sais rien ; mais
» je devine. Quelle agréable nouvelle je
» vais porter à la baronne ! à deux heures
» je reviendrai ; Mad. la comtesse sera-t-
» elle levée à deux heures ? »

Je réveillai ma jeune amie, en reprenant ma place auprès d'elle. Le regard qu'elle me lança, me parut encore plus vif que tendre ; j'eus lieu de croire que la douce caresse dont elle l'accompagnoit n'étoit pas tout-à-fait désintéressée, j'entendis avec de fréquents soupirs quelques mots à demi - prononcés. Tout cela, suivant moi, vouloit dire que mon écoliere attendoit sa derniere leçon. Qui de vous, messieurs, l'eût refusée, pouvant la donner encore ? Je la donnois donc, lorsqu'on frappa rudement à la porte de la chambre à coucher. Je quittai brusquement le poste que j'occupois & je me préparois à sortir du lit de la comtesse, mais elle me fit signe de rester à ses côtés, & d'une voix ferme elle demanda qui va-là ? C'est moi, répondit M. de Lignolle, ne vous levez-vous pas aujourd'hui ? — Pas encore, monsieur. — Il est tard cependant, madame. — Oui, monsieur, mais je suis occupée — A quoi, madame ? — Monsieur, je compose. — Qui vous apprend à composer ? — Mademoiselle de Brumont. — Je voudrois bien assister à la leçon. — Cela ne se peut pas, monsieur, vous ne feriez surement rien, & vous nous empêcheriez de faire quelque chose — Et que faites-vous donc, madame ? Des enfants qu'on puisse croire les vôtres, monsieur. — Que voulez-vous dire ? — Que je finis une charade. — Une charade ! ah ! voyons donc. — Vous avez envie de chercher le mot ? — Oui vraiment. Hé bien, attendez une minute.

Voici, me dit-elle tout bas, l'instant d'une vengeance complete. Je veux lui faire une malice, dont le souvenir puisse, dans cinquante ans encore, amuser ma vieillesse Mon cher Flourvac, reprenons l'exercice que son arrivée t'a forcé d'interrompre, le reste me regarde. Docile avec plaisir, j'obéis sans me permettre la plus légere observation. Alors, pour me prouver après Coralie (1) que plus d'une femme sachant, dans un moment critique, embrasser à la fois plusieurs occupations difficiles, peut en même-temps très-conséquemment agir & très-distinctement parler, madame de Lignolle éleva la voix & dit au comte : monsieur, écoutez-vous à la porte ? — Il le faut bien madame, puisque vous ne voulez pas m'ouvrir. — Bon ! voici ma charade : *Amo'l primo mio* (Piano à Faublas abbraciundolo). *L'amo di molto.* Amo'l primo mio, ridisse il Lignolo. *Signor'si*, soggiunse ella. *Mama'l secondo mio.* (Piano à Faublas). *M'ami. Ah ! m'ami è vero ?* Non risposi, ma l'abbracciai teneramente, mentre che 'l Lignolo con grandissima attenzione ridiceva : m'ama'l secondo mio. *Bravo signor*, disse la contessina, *e 'l mio integrale ben'che composto da duo, non dimeno fa piu ch'uno.* (Piano à Faublas.) *Deh ! non è la . . . la verita ? la verita . . . ben'mio.* Ma disse Lignolo, dunque in prosa lo fate ? *signor...*

---

(1) Voyez le quatrieme partie de la premiere année.

ſi... in pro... ſta volta ſulle labra della ſvenuta la parola mòri.

Cependant elle eut tout le temps de reprendre ſes eſprits avant que ſon mari qui vouloit abſolument deviner, eût ceſſé de répéter : *Mon tout, quoique formé de deux perſonnes, ne fait qu'un.* Monſieur, reprit la jeune écervelée, plus contente que ſi elle eût fait un poëme épique & une bonne action, je dois en conſcience vous prévenir d'une choſe eſſentielle ; c'eſt que ma charade eſt une eſpece d'énigme qui a deux mots. Je vous déclare d'avance que je ne vous les dirai jamais, & je crois que vous ne les devinerez pas. — Je ne les devinerai pas ! ah ! je vais m'enfermer dans mon cabinet, & je deſcends dans une demi-heure — Dans une demi-heure, ſoit ; je ſerai levée.

Il revint effectivement une une demi-heure après. Aſſis à côté de la comteſſe, je prenois dans ſon boudoir une grande taſſe de chocolat, que cette fois j'avois demandée ſans façon. Meſdames, vous ſavez bien ma plus belle charade ? dit M. de Lignolle en entrant, hier on l'a critiquée. On l'a critiquée ! Mademoiſelle de Brumont, auriez-vous cru cela ? — Oui, monſieur le comte — Oui ? — Sans doute, l'envie ! — Ah ! l'envie, vous avez raiſon. Mais que je vous conte un événement tout auſſi déſagréable. Hier encore, dans un cercle d'amateurs, on propoſe une charade, je trouve le mot, un de mes voiſins le trouve auſſi, nous le diſons en même temps : chacun félicite mon rival, & perſonne ne me fait le moindre compliment. Cette injuſtice m'a donné de l'humeur & je me ſuis, à propos de cela, rappellé certain projet qui m'eſt venu vingt fois dans la tète : dans le *Mercure de France*, mademoiſelle, on imprime au bas de chaque charade le nom, le ſurnom, le titre, la demeure, le nom de la ville & de la province de l'auteur ; & je trouve qu'on fait bien, parce qu'on ne ſauroit trop encourager les talents. Mais n'eſt-ce pas une choſe affreuſe, qu'un homme qui emploie régulièrement trois ou quatre jours de la ſemaine à la recherche des mots du logogryphe, de l'énigme & de la charade de chaque numéro, ne ſoit jamais payé de ſes travaux par un peu de gloire ? Aſſurément c'eſt-là de l'ingratitude, ou je ne m'y connois pas. A préſent, mademoiſelle, écoutez mon projet : je veux propoſer aux rédacteurs du *Mercure*, d'ouvrir une ſouſcription, dont le produit ſera deſtiné à l'impreſſion d'une grande pancarte qui paroîtra toutes les ſemaines, & ſur laquelle on lira les noms de tous ceux qui auront deviné le logogryphe, l'énigme & la charade de la ſemaine précédente. Fort bien vu, monſieur, répondit la comtesse, mais puisque nous parlons de charade, avez-vous deviné la mienne? Pas encore, madame, répliqua-t-il d'un air confus. Madame de Lignolle aussi-tôt lui repartit : monsieur, si vous venez à bout de trouver les deux mots, je vous promets, en attendant l'exécution de votre grand projet, je vous promets de remuer ciel & terre pour qu'on veuille bien insérer dans le *Mercure*, ma charade, son explication, mon nom à moi qui l'ai composée, votre nom à vous qui l'aurez devinée, & même je tâcherai qu'on apprenne au public comment & pourquoi je l'ai faite — Madame, ce que vous me dites-là, m'excite encore...

Le bruit d'une voiture qui entroit dans la cour, interrompit le comte. Un laquais vint annoncer madame la marquise d'Armincour; elle entra précipitamment, fut droit à sa niece, & lui dit : Hé bien, mon cher cœur, comment te sens-tu aujourd'hui? Y a-t-il quelque changement?... Ah! petite friponne, je vous trouve l'air fatigué, vous avez les yeux battus... allons, c'est une affaire finie. Je m'y connois, je m'y connois!... Je t'en felicite de toute mon ame, ma petite. Et vous monsieur le comte, recevez mon compliment, faisons la paix, embrassons-nous... allons, mes enfants, courage, un petit neveu dans neuf mois! — Un petit neveu dans neuf mois, répéta la comteſſe, cela ſe pourroit bien, vous avez raiſon, ma tante ; mais ſouhaitez donc le bon jour à mademoiſelle de Brumont.

Tandis que la marquiſe s'occupoit de moi, je vis M de Lignolle ſe pencher à l'oreille de la comteſſe. Tout en paroiſſant écouter la tante, j'écoutai le mari ; il diſoit à ſa femme : madame, épargnez-moi, laiſſez à marquiſe une erreur... Quoi donc, monſieur, interrompit-elle, n'êtes-vous pas content de moi ? — Au contraire, madame, je vous rends grace de votre diſcrétion. — Et vous avez tort, monſieur, elle eſt naturelle & néceſſaire, vous ne me devez aucun remerciement pour cela.

M. de Lignolle bien raſſuré vint à moi : A propos, mademoiſelle, me dit-il, je vous rends grace, vous voulez bien enſeigner à la comteſſe des choſes difficiles ! — Difficiles, mais non, monſieur le comte. — Oh ! que ſi, mademoiſelle, je ſais trop ce que c'eſt, & je ſuis vraiment ſenſible à votre complaiſance. Alors pour payer le trop honnête compliment du mari, je lui répétai mot-à-mot l'équivoque réponſe que ſa femme venoit de faire. *Et vous avez tort, monſieur, elle eſt naturelle & néceſſaire, vous ne me devez aucun remerciement pour cela.*

Après ces politeſſes réciproques, la conversation devint générale, & de part & d'autre il ne fut rien dit qui mérite d'être rapporté ; mais à deux heures ont vint annoncer que quelqu'un me demandoit. Qu'on fasse entrer, dit la comtesse. Je lui représentai qu'apparemment c'étoit M. de Valbrun. Hé bien, répliqua-t-elle, qu'il vous parle ici. — Cela ne se peut guere, madame. — Allez donc chez vous, mais ne tardez pas à revenir.

Je courus à ma petite porte : Bon jour, monsieur le vicomte. — Bon jour, monsieur le chevalier. — Hé bien, la lettre à ma sœur ? — Je l'ai fait porter au couvent. — Celle à mon pere ? — C'est moi-même qui l'ai mise hier à la poste ? — Et ma Sophie ? — La baronne ne l'a pas vue ; mais une chambre est retenue pour vous dans le couvent que vous avez indiqué. — Partons, vicomte, partons ! — Comment ! partons ? — Oui, tout-à-l'heure... — Ne sommes-nous pas convenus d'attendre ?... — Je n'attends pas un moment. — Mais songez donc.... — Je ne songe à rien. — Aux périls... — Je n'en connois plus... O ma Sophie, je différerois d'un jour le bonheur de te voir. — Cependant, il faut différer... — Vicomte, si vous ne voulez pas m'y conduire, j'irai seul. — Mais.... — J'irai seul. Plutôt périr cent fois que de ne pas la voir aujourd'hui ! — Chevalier de Faublas, & la comtesse ? — De quoi me parlez-vous ? Qu'est-ce

Qu'eſt-ce que la comteſſe, quand il s'agit de Sophie? — Et vos ennemis? — Je les défie tous. — Ainſi, nulle conſidération, ne peut plus vous arrêter. — Nulle conſidération, monſieur le vicomte; & je vous le répete, ſi vous m'abandonnez, je pars ſeul... Vicomte, la reconnoiſſance que je vous dois n'en ſera point altérée. — Puiſque rien ne peut changer vos réſolutions, je me rends; mais je vous demande une grace. — Ah! parlez, & croyez... — Attendez au moins juſqu'à la nuit. — Juſqu'à la nuit! — Ecoutez-moi: dans un quart-d'heure je dîne avec la baronne, à ſix heures du ſoir je l'amene ici. Dès que vous la verrez entrer chez la comteſſe, ſoyez ſûr que mon carroſſe vous attend à la porte. Deſcendez alors par ce petit eſcalier, venez me joindre, & vous ſerez bien accompagné juſqu'au couvent, je vous le promets. — A ſix heures préciſes, vicomte. — Chevalier, je vous en donne ma parole.

Au moment où M. de Valbrun me diſoit adieu, la comteſſe venoit elle-même me chercher. L'aimable enfant trop abuſée, ſe crut ſans doute l'objet de la profonde rêverie dans laquelle on me vit plongé pendant tout le dîner qui me parut long. O ma Sophie, faut-il vous dire que, ſeule & ſans diſtraction, vous occupiez alors mon cœur & ma penſée?

Après le dessert cependant, en prenant le café dans le salon, je fixai plusieurs fois la jeune Lignolle, & toujours mes yeux rencontrerent les siens. Mes regards enfin s'arrêterent volontairement sur tant d'appas. Que de vivacité ! Que de fraîcheur ! La belle peau !... La jolie bouche !.... Ah ! charmante petite femme, vous ne méritiez pas d'être abandonnée le lendemain de vos noces.

Ces réflexions étoient l'effet tout simple d'une commisération trop naturelle, pour que personne puisse l'improuver ; mais malheureusement dans la situation où je me trouvois, une réflexion fait naître une idée promptement suivie d'une autre réflexion qu'une autre idée remplace aussitôt, & voilà comme souvent, d'encore en encore, il arrive que ce qui étoit bon dans son principe, devient blâmable dans ses conséquences. Qui de vous pourtant, messieurs, présumant assez de lui-même, oseroit en pareil cas, après avoir assigné le point juste où il faudroit s'arrêter, oseroit, dis-je, affirmer que jamais il ne le passera ? Montrez donc votre indulgence ordinaire pour un très-jeune homme qui vous fait, avec sa franchise accoutumée, un aveu délicat & pénible.

J'approchai de la comtesse, & me penchant à son oreille, je lui dis bien bas : ne pourrois-je un instant, ma jeune amie, vous entretenir ſeule au boudoir ? Madame de Lignolle ſe leva : madame la marquiſe, dit elle à ſa tante, permet-elle que je la quitte pour un moment ? Oui, oui, répondit madame d'Armincour. Je n'ignore pas que les jeunes femmes ont toujours.... Bon ! ſavez-vous ce que ces dames vont faire ? interrompit le comte avec un rire preſque moqueur. Une charade en proſe ! Eh ! monſieur, répliqua la comteſſe, quelle ironique joie ! que d'amertume ! je ne défends pas notre ouvrage, il nous a ſi peu coûté ! Mais quiconque eſt également incapable de nous deviner & de faire comme nous, n'a pas, ce me ſemble, le droit de ſe fâcher ni de s'égayer à nos dépens.

A ces mots, elle me conduiſit dans ſon boudoir, la maligne comteſſe ! Et quoique nous n'y fuſſions pas reſtés longtemps, la charade étoit faite quand nous en ſortîmes.

Cependant mes vœux hâtoient la fin du jour, & la nuit tardoit beaucoup à venir. Elle vint, je treſſaillis de joie ; on annonça la baronne, je penſai me trouver mal ; mes jambes me ſoutenoient à peine, j'eus à peine la force de faire à ma *protectrice* une inclination légere ; mais auſſi-tôt que cette extrême agitation fut calmée, je pris le chemin de ma chambre. Je m'étois flatté que la comteſſe, qui faiſoit à la baronne les premiers compliments, ne s'appercevroit pas de mon évasion ; mais aucun des mouvements de l'objet chéri n'échappe à l'œil vigilant d'une amante. Madame de Lignolle me vit sortir & cria : Vous partez, mademoiselle de Brumont ? — Oui, madame. — Mais vous allez revenir, j'espere ? — Oh ! oui... Madame... je... re... vien... drai... oui, je tâ.. che... rai... oui, madame, le plutôt possible !

J'avoue que ma voix étoit entrecoupée, j'avoue que je tremblois en lui adressant ce fatal adieu. Pauvre petite !

Je traversai son appartement & ma chambre, je descendis rapidement l'escalier dérobé, je franchis le seuil de la porte-cochere, je me précipitai dans la voiture du vicomte.

Cinq minutes après j'arrive au couvent, à cet asyle desiré. Une religieuse m'ouvre la porte & me demande qui je suis : la veuve Grandval. — Je vais vous conduire à votre chambre, ma sœur. — Non, ma sœur, dites-moi où sont maintenant rassemblées toutes vos pensionnaires ? — Au *salut*, ma sœur. — Où dit-on le *salut* ? — Mais dans la chapelle. — Et la chapelle ? — Est devant vous.

Je cours à la chapelle, & mon coup-d'œil inquiet en embrasse toute l'étendue. Beaucoup de femmes sont en prieres : une d'entre elles se distingue par son recueillement plus profond. Mon cœur s'est ému, mon cœur palpite. Voilà ses longs cheveux bruns, sa taille légere, ses graces enchanteresses... Je fais quelques pas, je la vois! grand Dieu!.. Faublas, heureux époux, maîtrisez la violence de ce premier transport; allez doucement vous mettre à genoux tout à côté d'elle.

Madame de Faublas étoit si préoccupée, qu'elle ne s'apperçut pas qu'une étrangere venoit de prendre place à ses côtés. J'écoutai la fervente priere qu'elle adressoit au ciel. Grand Dieu, disoit-elle, il est vrai que je fus sa coupable amante; mais tu m'as permis de devenir sa légitime épouse. Je croyois qu'une longue absence avoit assez puni la foiblesse d'un moment. Si pourtant ta justice n'est pas fléchie, si dans l'auguste sévérité de tes jugements tu as décidé que mon crime ne pouvoit s'expier que par une éternelle séparation: Dieu puissant, Dieu de bonté, qui te plais à faire éclater jusques dans les châtiments ta miséricorde infinie, souviens-toi que je suis mortelle, hâtes-toi de frapper, prends ma vie. Un prompt trépas sera pour ta victime un signalé bienfait; & si tu daignes combler son dernier vœu, tu permettras qu'à son heure suprême elle entrevoie encore son époux, une fois, une fois seulement! Tu permettras que Faublas ferme sa mourante paupiere, & reçoive son dernier soupir.

J'entendis sa priere : mon premier mouvement fut de me précipiter devant elle, & de lui montrer son époux. Je conservai pourtant assez de présence d'esprit pour sentir qu'un éclat nous perdroit, & assez de courage pour modérer mon impatience & retenir ma joie. En attendant que l'office fût dit, & que je pusse me découvrir à Sophie, quand elle seroit seule, je m'enivrai du bonheur de l'admirer.

Le *salut* vient de finir, Sophie se leve, & ne me voit seulement pas ; parce que toute entiere à sa douleur, elle ne voit aucun des objets qui l'environnent. Je regle mes pas sur les siens, & je la suis lentement par derriere. Elle vient de sortir de la chapelle, & va traverser la cour. Au moment où j'y mets le pied, plusieurs hommes (1) tout-à-coup sortis de la retraite qui les cachoit, m'entourent & se jettent sur moi. La surprise & l'effroi m'arrachent un cri, un cri terrible qui va retentir aux oreilles de Sophie. Mon amante a reconnu ma voix, elle se retourne, trop tôt sans doute, puisqu'elle peut encore m'appercevoir. Moi-même je l'entends m'adresser

(1) Lecteur pénétrant, souvenez-vous de la lettre à mon pere, mise hier à la poste, & conjecturez.

une plainte inutile, je la vois me tendre les bras, je la vois tomber au milieu des femmes effrayées qui l'environnent... Hélas, où ſont mes armes! Où ſont mes amis!.. Les barbares ſatellites m'accablent de leur nombre, ils m'entraînent loin de ma femme! loin de ma femme évanouie!... Dieu cruel, impitoyable Dieu, aurois-tu reçu la priere que tout-à-l'heure elle t'adreſſoit?

Vains emportements d'une fureur impuiſſante! Rien ne peut me ſauver. Elles viennent de ſe rouvrir les portes de ce couvent où je ſuis ſi témérairement entré! On m'a jeté dans dans une voiture qui ſoudain part & ne roule pas fort long-temps. J'entends d'immenſes portes crier ſur d'énormes gonds; je vois un château fort, le pont-levis s'abaiſſe devant moi, j'entre dans une groſſe tour, des militaires décorés m'y reçoivent... Hélas! je ſuis à la Baſtille.

AU PUBLIC.

Il ne tient qu'à vous que j'en ſorte, MONSIEUR, mais il faut pour cela que vous ayez encore le deſir de voir une nouvelle ſuite de mes aventures. Si vous ne daignez pas, MONSIEUR, continuer à cet eſſai l'indulgence dont vous avez honoré le premier, je me verrai condamné à finir mes jours dans ma prison, & je n'aurai sur beaucoup de compagnons d'infortune, que le triste avantage de savoir pourquoi l'on m'y a mis, & pourquoi j'y reste.

FIN.

www.ingramcontent.com/pod-product-compliance
Ingram Content Group UK Ltd.
Pitfield, Milton Keynes, MK11 3LW, UK
UKHW031916260826
14628UKWH00003B/1223

9 782329 370675